novum **pocket**

Jessica Müller

The black symbol

Neuanfang oder Ende?

novum pocket

Bibliografische Information
der Deutschen Nationalbibliothek:

Die Deutsche Nationalbibliothek
verzeichnet diese Publikation in der
Deutschen Nationalbibliografie.
Detaillierte bibliografische Daten
sind im Internet über
http://www.d-nb.de abrufbar.

Alle Rechte der Verbreitung, auch
durch Film, Funk und Fernsehen, fotomechanische Wiedergabe, Tonträger, elektronische
Datenträger und auszugsweisen
Nachdruck, sind vorbehalten.

Gedruckt in der Europäischen Union
auf umweltfreundlichem, chlor- und
säurefrei gebleichtem Papier.

© 2023 novum Verlag

ISBN 978-3-903382-66-4
Umschlagfoto:
Olaf Holland | Dreamstime.com
Umschlaggestaltung, Layout & Satz:
novum Verlag

www.novumverlag.com

Der Neue

Ich bin Klara und 21 Jahre alt. Mein Leben ist ziemlich ruhig und uninteressant. Die meiste Zeit verbringe auf Arbeit, darum ist kaum Platz für Freizeit und Hobby. Wenn doch mal Zeit übrig ist, genieße ich meine Hobbys zu Hause oder verschwinde ich in die nächstbeste Bibliothek. Dieser Ort hatte immer etwas beruhigendes. Meine Wohnung war auch mit vielen Bücherregalen ausgestattet, die drohten zu platzen. Ich liebe es zu lesen und neue Romane kennenzulernen. Selten sind es auch Sachbücher. Es gibt kein bestimmtes Genre, sondern es musste mich einfach in seinen Bann ziehen. Am besten waren solche Bücher, wo man dachte man spielt dort die Hauptrolle und kennt die Personen schon seit Jahren. Manchmal stellte ich mir vor selber Schriftstellerin zu sein, denn es ist für mich ein aufregender Beruf. Man konnte alles erschaffen was man wollte, und sich das Leben so zurechtmalen wie es einem passt. Es ist etwas sehr kreatives und bedarf viel Übung, aber am Ende Leser begeistern zu können, muss fantastisch sein. Die zweite Leidenschaft, die ich hegte, war Musik. Bisher spiele ich noch kein Instrument, aber wenn ich mir eins wünschen würde, wäre es Gitarre. Irgendwie konnte man ziemlich viel damit anfangen und man brauchte nicht so viel Schnick Schnack, wie bei anderen Instrumenten. Noch begrenze ich mich darauf die Texte mitzusingen, aber zuhören sollte man mir lieber nicht. Da ich die Charts im Radio mehr oder weniger ständig hörte, fiel es mir leichter die Texte einzuprägen. Egal was ich machte, ich brauchte das

Radio in meiner nähe, oder die Playlist auf dem Handy. Sonst würde ein Tag nicht vergehen, ohne jegliche Geräusche und Stimmen, die den Eindruck erweckten, dass man nicht alleine ist. Meine Vorlieben sind eher ruhige Dinge und welche die man alleine machen konnte, und das liebte ich so sehr daran. Die Gesellschaft war mir manchmal einfach zu viel. Ich wusste nicht genau wie ich mich verhalten sollte, um möglichst normal zu wirken. Die Ruhe war das wichtigste was ich brauchte und über die Zeit liebgewonnen habe.

In meinem Leben ist ziemlich alles normal und glatt abgelaufen. Der schulische Werdegang bestand aus Grund- und Realschule, sowie die Ausbildung zur Finanzkauffrau. Die Noten waren meist im Mittelfeld, was ausreichte um zu bestehen. Meine Familie bestand aus recht vielen Personen, aber der Kontakt zueinander war sehr gering. Es gab da meine Eltern, ein Onkel mit Frau und 2 Kindern, die Großeltern und mich. Den Opa väterlicher Seitz konnte ich leider nie kennenlernen. Er war bereits 4 Jahre tot, bevor ich das Licht der Welt erblickte. Der Kontakt mit Heinz, der jüngere Bruder meiner Mutter, war sehr schwer. Er wohnte in einem anderen Bundesland und meinte keine Briefe zu schreiben, Pakete zu schicken oder auch nur anzurufen. Deshalb wissen wir nur sehr wenig über ihm, oder ziemlich spät. Das letzte, was ich gehört hatte, war, dass er zum zweiten Mal Vater geworden ist. Das ist mittlerweile 3 Jahre her. Seitdem sickerten keine weiteren Informationen zu uns durch. Das, was er hatte, um das beneidete ich ihm, aber er ignoriert es. Ich fühlte mich manchmal ziemlich alleine, denn ich bin ein Einzelkind, daher habe ich das beste draus gemacht und die Ruhe lieben und schätzen gelernt.

Dennoch gibt es Situationen, wo ich gerne einen Ansprechpartner meiner Altersklasse und gleichen Familienstand haben würde. Seitdem ich mit 18 ausgezogen bin, sehe ich meine Familie nur noch selten. Meistens lasse ich mich nur noch zu den Feiertagen zu Hause blicken. Außerdem hasse ich es weite Strecken zu fahren, vor allem nachts und dann noch Autobahn.

Außerhalb meiner Familie gab es noch eine wichtige Person für mich. Diese Person ist Sarah und meine beste Freundin aus der Realschulzeit. Wir haben immer wieder den Kontakt zueinander gesucht und nun sind wir kaum zu trennen. Sie blieb auch manchmal übers Wochenende bei mir. Leider ist es etwas anders geworden, weil sie jemanden kennengelernt hat. Der junge Mann heißt Phillip und ist 4 Jahre älter als sie. Ich hielt mich größtmöglich aus der ganzen Nummer raus, denn Liebesgeschichten mochte ich noch nie besonders. Es sei denn, sie haben eine Prise schwarzen Humor dabei, dann können sie auch ziemlich reizend sein. Aber eine Live Liebe zu betrachten und anzuhören wie toll es doch ist, war echt zu viel für mich. Seitdem fühle ich mich wie das dritte Rad am Wagen und verziehe mich noch mehr in die Einsamkeit. Außerdem zählte ich mich nicht als attraktiv, weshalb ich auch noch keinen Freund hatte. Ich fühlte mich in der eigenen Haut nicht wohl, wie sollte ich da jemand anderes Liebe geben können und mich wohl fühlen. Ich bin 1,68 m groß und habe langes blondes Haar. Um mein Selbstwertgefühl aufzuputschen versuchte ich jeden Modetrend mit zu machen, aber es veränderte nichts an meinem Empfinden. Also blieb ich weiterhin allein, was mich eigentlich auch nicht sonderlich störte. Doch dies sollte sich bald ändern, ohne das ich großen Einfluss darauf hatte.

Ich arbeite in einem kleinen Finanzunternehmen, welches erst 3 Wochen vor meiner Anfrage gegründet wurde. Da noch viele Stellen frei waren, konnte ich gleich nach der Ausbildung dort anfangen. Es war ziemlich angenehm sein eigenes Büro zu erhalten, wo man seine Ruhe hat und die Aufgaben gut erledigen konnte. Das Unternehmen heißt Safe your money. Sarah machte sich oft einen Scherz daraus und nannte es scherzhafterweise SM-Unternehmen. Vielleicht sollte sie mit diesen Kosenamen noch recht bekommen. Die Parkplätze für die Angestellten befanden sich auf der gegenüberliegenden Straßenseite. Dort war ein riesiges Gelände für die gesamten Unternehmen der Straße. Jede Firma hatte eine Stückzahl gemietet, damit auch abgesichert ist, das die Angestellten noch Platz finden. Der Rest bot Platz für die kommende Kundschaft. Mein direkter Vorgesetzter heißt Herr Meyer (Frank). Er gibt mir immer die Arbeitsaufträge am Anfang der Woche oder am Ende eines Auftrags. Er konnte mich von Anfang an nicht leiden, deshalb gibt er mir oft absichtlich schlechte Projekte zur Bearbeitung. Es gibt da nur ein ziemlich großes Problem, was ihm davon abhält mich zu kündigen, denn Herr Kaufmann (George) ist für die Personalabteilung zuständig. Somit ist George der Vorgesetzte von Frank und kann dessen Meinung überstimmen. Es geht ein ziemlich mieses Gerücht über ihm die Runde. Er soll ein Schürzenjäger sein, weshalb er ausschließlich Frauen einstellt. Die männlichen Kollegen, die hier arbeiten, kennen ihn bereits seit Jahren, weshalb er sie überhaupt mitgenommen hatte. Egal ob es stimmte oder nicht, durch diese Vorliebe bin ich erst hier gelandet und habe einen Job. Der Rest wird sich im Laufe der Zeit noch zeigen. Wenn die beiden nicht in der Nähe sind, nannte ich sie bei ihren Vornamen.

Frank kam vor 2 Wochen zu mir ins Büro und stellte mir einen neuen Kollegen vor. Ich war etwas überrascht, weil er einen Mann mitbrachte, und dann sollte ich ihm anscheinend einarbeiten. Anscheinend sind alle andere Büros besetzt, bis auf der Platz neben mir. Es machte mich missmutig, dass ich jetzt keine Ruhe mehr haben sollte. Frank fing an über dem Neuen alles nötige zu erzählen. Eigentlich hätte ich ihm zuhören sollen, aber irgendwie war es mir nicht möglich. Der Neue wirkte wie ein Magnet für mich, der mich aber gleichzeitig abstößt. Meine ganze Aufmerksamkeit richtete sich auf ihn. Je länger ich ihm betrachtete, desto mehr konnte ich das Kribbeln im Bauch kaum noch ignorieren. Er hatte gestyltes schwarzes Haar, was sein Gesicht stark betonte. Das Kinn war etwas spitz, aber ihm stand es ausgezeichnet. Das Parfüm, was er aufgelegt hatte, war sehr teuer. Der Körperbau ließ darauf schließen, dass er mehrmals die Woche ins Fitnessstudio ging. Der Kleidungsstil war fast schon übertrieben für das kleine Unternehmen. Er trug schicke schwarze Schuhe, eine schwarze Jeanshose und ein weißes gebügeltes Hemd. Es fehlte nur noch eine Krawatte, um das Outfit zu vervollständigen. Man hätte nur vom Äußeren denken können, das er eigentlich ein Chef sein könnte. Frank daneben wirkte immer nur gewöhnlich. Er trug meistens eine blaue Jeans und seine Hemden waren selten gebügelt. Vielleicht lag es daran das er keine Frau hatte. Aber wer weiß das schon. Die Schuhe hatten auch keinen Markenstempel, so wie die vom Neuen. Am Ende seiner Erklärungen hörte ich nur noch den Namen des Unbekannten Schönen. Luca.

In meinen Kopf spielten sich viele Szenarien ab, die alle das selbe Ende hatten. Egal was ich anstellte, er ist nicht in der gleichen Liga wie ich und würde sich niemals für mich interessieren. Ich vermied es mit ihm zu reden. Fremde Menschen musste ich erstmal für mich abchecken, wie deren Charakter so ist. Meistens schafft man das durch Beobachtungen, anstatt das Gerede, welches meist gelogen ist, zu glauben. Ganz selten ertönte seine Stimme für kleine Fragen. Ich hatte meistens das Gefühl, das er die Antworten auf seine Fragen bereits kannte. Vielleicht war er bereits in ein anderes Unternehmen tätig gewesen, von dem ich in der Beschreibung nichts mitbekommen hatte. In den Pausen war es für mich sehr schwer, denn ich vermied es gleichzeitig mit ihm in die Cafeteria zu gehen, und arbeitete manchmal einfach weiter. Luca hatte eine Art an sich, wodurch die Leute in seiner Nähe von ihm fern blieben. Trotz dieses Gefühls und meiner eigenen Zweifel konnte ich es nicht vermeiden ins Tagträumen zu rutschen, und ihn mit mir vorzustellen. Er war der reinste Augenschmaus. Eigentlich konnte ich mir kaum vorstellen, dass so einer noch Single sein sollte. Er war so gut aussehend und wirkte stets perfekt. Es gab keinen Tag, wo er schlecht gekleidet war, oder auch nur eine Falte im Hemd zu sehen war. Seine Schuhe hatte er immer blank poliert und auch an der Sitzhaltung konnte man einfach nicht meckern. Zum Aussehen kommt auch noch das seine Ergebnisse überragend sind. Wenn man kleinlich war, dann konnte man sich nur beschweren, das es nichts gab was negativ auffiel. Das Träumen konnte ich nie lang genug genießen, denn die Arbeit wartete immer noch. Ich werde aus diesem Typen einfach nicht schlau.

Auch Sarah konnte mir da nicht wirklich weiter helfen. Sie versuchte mich ständig damit aufzuziehen, dass ich in ihm verknallt sei. Sie freute sich total darüber und machte schon Pläne, die man als Paar so machen könnte, wenn wir uns alle mal treffen. Es brauchte nicht besonders viel um sie glücklich zu machen. Es nahm bald kein Ende, weil sie immer weiter erzählte und rumfantasierte. Ich wusste nicht einmal selbst, ob ich schon für jemanden bereit war oder nicht. In ihren Augen war es längst nötig, dass ich jemand an meiner Seite habe, damit ich wieder mehr vom Leben mitbekomme. Sie sagt ich solle mal wieder aus dem ewigen Schneckenhaus rauskommen. Irgendwie hatte sie ja recht, es fiel mir nur so unsagbar schwer, deswegen bestritt ich es sehr stark, was sie nur noch mehr anheizte, denn sie deutete es definitiv falsch. Oder etwa doch nicht? Jeder sagte man merkt, wenn er der richtige ist. Aber mit so einem anziehenden und gleichzeitig abstoßenden Gefühl kann man doch nicht von Liebe reden.

Nach dem Telefonat war ich wohl auf der Couch eingeschlafen, was nichts gutes bedeutete. Natürlich bewahrheitete sich meine Befürchtung, denn ich hatte verschlafen. Ich schrak hoch und musste das beste machen was in den verblieben 10 Minuten zu retten war. Für gewöhnlich brauche ich mindestens eine Stunde um annähernd ansehnlich auszusehen. Dann wollte ich aber noch in Ruhe frühstücken und der Fahrweg kam noch obendrauf. Kurzerhand entschied ich, das die Kleidungsstücke vom Vortag reichen müssten, um schnell aus dem Haus zu kommen. Das Duschen viel leider ins Wasser, aber auf ein leichtes Make-up konnte ich nicht verzichten. Was sollen sonst die Kollegen von mir halten, wenn ich so rumrannte. Die Haare nahm ich leicht zu einem Dutt zusammen, sonst wären sie kreuz und quer verteilt gewesen. Man hätte mich heute auch gut als Vogelscheuche nehmen können. Im Hausflur wurde ich von den Nachbarn aufgehalten, der am liebsten stundenlang redet. Er geht kaum aus seiner Wohnung und schnappt sich deswegen alle die an ihm vorbeigehen. Seine Frau ist letztes Jahr verstorben. Ich hatte zwar Mitleid mit ihm, aber ich wollte auch nicht seine ganze Lebensgeschichte hören. Er holte immer so weit aus, das er in der Kindheit anfing zu erzählen, obwohl man nur wissen wollte, wie der Tag war. Irgendwie gelang es mir ihm abzuwimmeln und in die Tiefgarage zu gehen. Als ich endlich ins Auto stieg, reichte ein kleiner Blick auf die Uhr, um zu sehen das ich zu spät auf der Arbeit erscheinen würde. Unten im Empfang steckte ich meine Karte ein, um mich für den Tag anzumelden. Das Haus hatte 5 Etagen, und mit meinem Pech, wurden die Fahrstühle gerade von einem Monteur repariert. Ich rannte die Stockwerke hinauf und war auf meiner Etage voll aus der Puste. Mein Büro befand sich auf dem vierten Stock und zudem am Ende des Flures. Frank erwartete mich schon schlecht gelaunt, und gab mir noch schlechtere Aufgaben als sonst. Dieses Projekt ist schon für einen Azubi zu schäbig. Trotzdem nahm ich es ohne zu knurren an, wenn ich jetzt etwas sagte, könnte ich meine Kündigung gleich schreiben. Ich überlebte diesen schrecklichen Tag nur mit sehr viel Kaffee. Im ersten Moment hält er mich wach, doch später wurde ich nur noch schläfriger. Luca war leider auch bei der Arbeit und somit konnte ich nicht einmal heute seiner Aura entkommen. Meine Konzentration lies stark zu wünschen übrig. Das einzige wozu mein dämliches Gehirn in der Lage war, waren sämtliche Wunschvorstellungen.

Zum Feierabend war ich tot müde und wir verließen zum ersten Mal gleichzeitig das Gebäude. Es schien bald so, als hätte er eine Vorahnung, das etwas schief gehen muss. Wie so oft war ich mal wieder zu tief in Gedanken versunken, die sich immer nur um ihn drehten, um zu bemerken, dass ich die Straße blindlings betreten hatte. Erst als der feste Handgriff von Luca mich davor bewahrte vor ein Auto zu laufen, war ich wieder in der Realität zurückgekehrt. Das Auto hielt stark quietschend an und war leicht mit der Motorhaube in die andere Fahrbahn gerichtet, um mir auszuweichen. Der Fahrer meckerte genervt, hupte wie wild und raste wieder los, als ich die Fahrbahn freigab.

„D-d-danke", stotterte ich mühevoll zusammen.

Er hielt mich in seinen Armen und wollte mich vor weiteren Dummheiten bewahren. Unsere Gesichter waren kaum voneinander getrennt. Mein Blick huschte zu seinen Lippen hoch, aber ich flüchtete auch schnell wieder zum Boden. Ich versuchte es mir nicht anmerken zu lassen, dass es in mir wie wild tobte. So nah wie wir beieinander standen, müsste er meinen starken und schnellen Herzschlag bemerkt haben. Zudem sind meine Emotionen oft gut lesbar auf meiner Stirn geschrieben. Ich war ihm zwar sehr dankbar für seine Hilfe, aber ich wollte auch schnell von seinem Griff befreit werden. Er war so stark, dass ich befürchtete blaue Flecken zu bekommen. Ich war nicht im Stande mich zu wehren oder ein vernünftiges Wort zu sprechen. Zu oft hatte ich davon geträumt in seinen Armen zu liegen, aber unter anderen Umständen als diese. (Und ohne Kleidung.) Da wir kaum miteinander redeten kam mir seine Stimme so fremd vor. Sie war sehr tief und wirkte wie Balsam auf meiner Seele, was ich mir nicht eingestehen wollte, und das auf die Situation schob. Er sagte nicht viel, aber es reichte um mein Herz noch schneller schlagen zu lassen.

„Ist alles in Ordnung mit dir?"

Ich schaute ihn an und in diesem Moment fiel der ganze Stress von mir ab. Leider bin ich sehr nahe am Wasser gebaut, und breche damit sehr schnell, auch bei Kleinigkeiten, in Tränen aus. Er hielt tapfer stand, aber ich merkte, dass er den Griff löste und etwas von mir wegrückte.

„Such dir lieber jemand anderes."

Dies sagte er aus heiterem Himmel. Mir gelang daraufhin nur eine verzerrte Entschuldigung. Ich wollte nur schnell in mein Auto steigen, um mich von alleine beruhigen zu können. Es gelang mir die Zeit der Autofahrt mich zu konzentrieren und in meine Wohnung zu betreten.

Als meine Gedanken etwas klarer waren, ließ ich den ganzen Tag noch mal Revue passieren. War es mir wirklich so deutlich anzusehen, dass ich ihn vergötterte? Wenn ja, dann hatte er es gemerkt und mir direkt einen Korb verpasst, noch ehe ich eine Chance hatte. Irgendetwas sagte mir aber, dass er ein Geheimnis bewahrte, welches ich wohl nie erfahren würde, denn so schnell kann kein normaler Mensch reagieren. Ich war mindestens 2 Schritte vor ihm gewesen und achtete auf einen gepflegten Abstand. Er war so schnell neben mir und konnte mich vor einen tragischen Unfall bewahren. Diese Sache hätte keiner aufhalten können. Ab morgen wäre mein Name in jeder Zeitschrift, wegen eines tragischen und zugleich absurden Todes. Aber auch der Rest von ihm war ein reinstes Rätsel. Nach so einem Tag sehnte ich mich nach meinem Bett. Hoffentlich konnte ich alles in meinen Kopf ausschalten, um etwas Schlaf zu bekommen. Ich musste morgen dringend pünktlich sein, sonst bin ich doch noch tot, weil mir Frank den Kopf umdreht. Mal sehen was die nächsten Tage so mit sich bringen. Irgendwie hatte ich ein Gefühl, als wenn mich ein großes Abenteuer erwarten würde. Ob es nur an ihm lag, konnte ich nicht eindeutig sagen.

Die erste Begegnung

Als ich am nächsten Tag aufwachte, hatte ich das Gefühl in Watte zu schweben. War alles nur ein Traum gewesen? Die Antwort konnte ich mir ziemlich schnell geben: Nein. Die blauen Flecken an meinen Oberarmen und die Anwesenheit von Luca auf Arbeit, verrieten mir, dass es echt passiert war. Er machte aber keinen Anschein darüber reden zu wollen. Es stimmte mich etwas traurig, denn es hätte eine Möglichkeit sein können, um ihn besser kennenzulernen. Da ich eh sehr schlecht in solchen Dingen bin, redete ich mir eben ein, das er wohl schon in einer Beziehung war, und somit keinerlei Interesse hatte. Mein größtes Problem war, ich war meist karg im Reden. Meistens bin ich ein Mensch der Taten, als das viele drum herum Gerede. Man konnte einem alles versprechen und dann wird man doch hintergangen. Zu oft musste ich es am eigenen Leib erfahren was es heißt, die Worte des anderes zu glauben, oder sogar zu vertrauen. Manchmal zweifelte ich an meine eigenen Entscheidungen, so sehr war ich schon beeinträchtigt, durch die Außenwelt.

Es verwunderte mich, dass ausgerechnet er meine Aufmerksamkeit erweckt hatte, und ich auch seinen Rat, den man lieber befolgen sollte, übergehen wollte. Somit hatte ich einen Plan geschmiedet und wollte ihm nachspionieren. Die Pausenzeiten schienen dafür geradezu perfekt. Ich wollte sehen was er so unternimmt, isst und was seine Eigenarten sind. Beim Beobachten erfährt man mehr über dem Gegenüber, als man denkt.

Zu meiner Überraschung war er nicht zur Cafeteria gegangen. Er bog ab und verschwand in einer der Abstellräume, wo sonst keiner rein ging. Nicht mal ich wusste was sich in diesem Raum befindet. Ich fragte mich bereits, ob es überhaupt ein Raum war, wo normale Mitarbeiter zutritt hatten. Erst dachte ich es wäre reiner Zufall gewesen und er müsste wirklich etwas besorgen, aber auch in jeder anderen Pause war es so. Ich beobachtete das Geschehen eine Woche lang. Am letzten Tag war ich unten im Keller, wo das Archiv ist und selten weitere Kollegen sind. Mit einem mal nahm ich ein Windhauch war und die Tür knallte ruckartig zu. In mir stieg Panik auf und ich wollte fliehen. Aus meiner Kehle kam außer ein erstickter Versuch zu schreien nichts weiter heraus. Ein zweiter Windhauch brachte einen vertrauten Geruch zu meiner Nase. Es war das Parfüm von Luca, welches ich überall wiedererkennen würde. Dieser Geruch trug nicht dazu bei das ich mich beruhigen konnte. Ich konnte nicht so schnell gucken, wie er bereits vor mir stand. Das erste was er tat, war meine Hände zu packen und festzuhalten. Dann drückte er mich mit dem Rücken gegen die Wand. Ich war ihm vollkommen schutzlos ausgeliefert und konnte nur hoffen das er nichts bösartiges unternehmen würde. Seine Stimme war diesmal anders. Sie hatte einen sehr scharfen und bissigen Unterton.

„Lass mich gefälligst in Ruhe."

Ich hatte das Gefühl, dass seine Augen sich durch mich hindurch brannten, während er das sprach. Ich frage mich immer noch, wie er es herausgefunden hatte, denn nicht einmal den anderen Kollegen ist etwas aufgefallen. Eigentlich hätte sich jeder wundern müssen, weil ich wieder in der Cafeteria zu sehen war, den Gang entlang ging und wieder mit anderen Kollegen sprach, was ich sonst ja vermieden hatte. Niemand sagte etwas oder wunderte sich, sie wussten, dass ich sehr gewissenhaft bin und mein Job liebte, und wollten mich nicht bei der Arbeit stören. Wie auch beim ersten Mal hatte ich keine Chance mich aus dem Griff zu befreien. Auf einmal, als wenn jemand einen Schalter umgelegt hätte wurde die Stimmung hitzig. Mir wurde heiß in der Brust und ich hatte das Gefühl zu schwanken. In den Beinen hatte ich kaum noch Gefühl. Sein Gesicht kam meinem immer näher und ich versuchte nicht einmal etwas dagegen zu unternehmen. Er küsste mich so eindringlich, dass ich nur die Wahl hatte mit zu machen. Der Kuss schien eine Ewigkeit zu dauern. Er nahm alles was er bekommen konnte und umspielte meine Zunge mit einer Leidenschaft die ansteckte. Ein Streichholz wäre alleine bei unserer Anwesenheit in Flammen aufgegangen. Er wanderte von meinen Lippen runter zum Hals. Er hatte nicht einmal abgesetzt und küsste sich den Weg entlang. Dort angekommen verpasste er mir einen dicken Knutschfleck, der kaum zu übersehen sein wird. Ich wusste, dass ich den mit einem Schal bedecken müsste, aber im Sommer fällt auch das sehr auf.

„Aber wenn du mir schon hinterherrennst, kann ich ja wenigstens meinen Spaß daran haben."

Dieses Mal war seine Stimme zuckersüß, sodass ich dahinschmelzen könnte. Ein weiterer Kuss folgte seinen Worten, und wieder konnte ich nicht widerstehen. Anstatt zu rebellieren gab ich seinen Kuss noch Unterstützung und spielte mit. Mein Körper entschied mittlerweile alleine, was zu tun war, denn mein Kopf war ausgeschaltet. Jeder normale Mensch hätte geschrien oder sich gewährt, aber ich wollte ihm noch dichter an mich spüren. Er schlang meine Schenkel um seine Hüfte und drückte mich erneut mit dem Rücken zur Wand. Dieser kühle Kontrast zu meiner Haut tat mir sogar gut. In meinen Kopf schwirrte alles. Ich folgte nur noch den Vorgaben seines Körpers und wollte, dass er endlich mein Höschen runterzog. Auf einmal lässt er mich runter und löste den Griff von meinen Armen.

„Ab jetzt gehörst du mir, hörst du? Versuch nicht zu schummeln, ich finde es sowieso heraus. Wenn du es vermasselst, wirst du bestraft."

Mit diesen Worten verlässt er den Raum und lässt mich keuchend vor Erregung sitzen. Eins wusste ich genau. Die Ankündigung würde er war machen. Er hatte schon herausgefunden, dass ich ihm gefolgt war, dann ist das andere ein Kinderspiel. Es vergingen ein paar Minuten, bevor ich mich wieder beherrschen konnte und aus dem Archiv trat. Ich konnte nur hoffen, dass man mir nichts im Gesicht ansah. Ich fragte mich, wie diese Bestrafung aussehen würde und wieso es ausgerechnet mich betraf. In diesem Haus gab es sehr viele Frauen, die angestellt waren und tausendmal attraktiver aussehen als ich. Ist es, weil ich ihm gefolgt bin und so sein Interesse geweckt habe? Die meisten Menschen machen trotz des Aussehens einen höflichen Umweg um ihn. So wie auch ich zum Anfang.

Mein Kopf schmerzte vor Ideen was es um Luca auf sich hatte. Der Knutschfleck war auf wundersamer Weise verschwunden und benötigte keine weitere Aufmerksamkeit mehr von mir. Gestern Abend hatte sich auch Sarah wieder gemeldet. Sie wollte wissen, ob ich noch Single bin. Die heiße Geschichte im Archiv hatte ich ihr nicht erzählt, doch ihr Scharfsinn dürfte etwas gewittert haben. Meine Antworten waren kürzer und ich war nicht mehr so zickig, wenn das Thema zu ihm umschwenkte. Sie bohrte immer wieder nach und beteuerte ich könnte ihr alles anvertrauen. Es viel mir noch nie so schwer mit ihr zu reden. Für gewöhnlich wusste sie immer alles, auch wichtige Sachen, die als erstes mit den Eltern besprochen werden müssten. Sie war schon in vielen Situationen meine erste und beste Ansprechpartnerin gewesen, aber hier ging es nicht. Am Ende legte sie auf und war genauso schlau, wie auch schon zum Anfang des Telefonats.

Alleine bekam ich die Informationen in meinem Kopf nicht sortiert, aber dafür gab es das Internet. Doch es gibt zu viele Mythen und Legenden, wo man ohne weitere Anhaltspunkte nicht viel weiter kam. Ich habe schon als Kind an übernatürliche Wesen geglaubt und sie wegen ihrer Fähigkeiten bewundert und beneidet. Es waren aber lediglich welche aus Büchern oder Filmen. Was ist, wenn man so einem Wesen nun wirklich vor sich hat? Eins geht mir nicht aus dem Kopf. Warum ging er jede Pause zum Abstellraum? Isst er denn nichts? Oder will er nur nicht mit anderen Personen zusammen sein? Aber wieso geht er mir nach, wenn es nichts damit auf sich hatte damit? Aus einer Frage wurde meistens ein Strudel, der droht mich mitzureißen. Er war so undurchlässig, dass man kaum neues über ihn in Erfahrung bringen konnte. Nach außen hin spielt er der perfekte Mann, aber das auch er Gefühle hat, habe ich bereits mitbekommen. Diese Schwankungen im Archiv habe ich mir nicht eingebildet. Mein Interesse ist hiermit geweckt, das heißt ich werde noch mehr beobachten oder auch Dinge hinterfragen. Vielleicht hat auch er diesen Wunsch und zeigt von alleine ein paar Signale.

Die Stimme

Heute war ich guter Hoffnung, das ich vielleicht die ein oder andere Frage beantworten könnte. Als ich aber ins Büro kam, war Luca gar nicht da. Also beschloss ich rüber zu gehen, um Frank zu fragen, wo er steckt.

„Hr. Ferrante ist für heute nicht da. Darum müssten Sie sein Projekt übernehmen, da das Vorrang hat."

„Ich soll was? Er wird mir den Hals umdrehen, wenn ich sein Projekt weitermache."

„Es ist nur für einen Tag. Aber trotzdem können wir uns da keine Fehlzeiten erlauben. Wenn Sie ausfallen, müssen andere auch ihre Arbeit weiter machen."

Ohne weiter zu diskutieren ging ich zurück in mein Büro. Erst war ich sehr betrübt und sauer darüber, aber die Meinung änderte sich schnell. Es ist eine schöne Gelegenheit in seinen Sachen zu schnüffeln. Ich wollte alles herausfinden, was es zu entdecken gab. Einen Schritt war ich schon dichter, denn ich kannte nun seinen Nachnamen. Es kam mir so vor, als wenn er aus dem Mittelmeerraum kommt, denn sein Aussehen und der Name ließen darauf schließen. Sein Computer schien genauso undurchsichtig, wie er selbst. Während ich weiter suchte viel meine Aufmerksamkeit auf einen Ordner Namens: Öffentlich. Es sollte den Anschein erwecken, das da nichts interessantes zu sehen gab. Bei Privat wäre jeder darauf gekommen, ein Blick rein zu werfen. Beim Gedanken am Öffnen bekam ich Gänsehaut und dachte eine Stimme zu hören.

Öffnen auf eigene Gefahr.

Durch diese Worte wurde ich noch neugieriger. Es musste dort etwas zu finden sein, was mir weiter helfen könnte. Mein Finger drückte die Maus und tippte den Ordner an. Als er endlich auf war, sah ich den gesamten Plan des Unternehmens. Die Angestellten waren einzeln aufgelistet und je nach Abteilung in eigene Ordner gepackt. Ebenso befand sich der gesamte Bauplan, die Vermögensliste, die Gewinne des Unternehmens als auch die jeweiligen Gehälter der Mitarbeiter. Selbst von den Chefs war alles bis ins kleinste Detail beschrieben. Egal, was man suchte, dieser Ordner hatte die Antworten darauf, bis auf das Geheimnis von Luca. Mir blieb der Mund offen stehen als ich meinen Namen entdeckt hatte.

Ich hatte dich gewarnt. Jetzt musst du die Bestrafung akzeptieren.

Die Stimme sprach erneut mit mir. Es war also beim ersten Mal keine Einbildung gewesen. Dennoch tat ich mein bestes, um sie so gut es geht zu ignorieren. Wenn ich jetzt aufhöre, dann bekomme ich nie irgendwelche Antworten.

- Klara Schmitz
- 21 Jahre
- Single
- Seit knapp 2 Jahren eingestellt
- Mietwohnung im Ostviertel der Stadt
- Kaum Familie
- Keine Verstöße

Es war für mich sehr schwer diese Zeilen zu lesen und ich murmelte es immer wieder laut vor mich hin. Irgendwann hatte ich den Ordner geschlossen und etwas am Projekt weiter gearbeitet, damit es nicht zu sehr auffällt, das ich gespannt hatte. Ich blieb etwas länger, als nötig im Büro, um sicherzugehen, dass niemand mitbekommt wie ich nach Hause ging. Nach diesem Ereignis wartete ich förmlich darauf die Stimme erneut zu hören. Manchmal dachte ich schon darüber nach, das ich einfach etwas Spannung brauchte und mich an solchen Dingen berauschte. Vielleicht war er ein Boss und sollte hinter den Kulissen schauen. Als ich in den Fahrstuhl einstieg, dachte ich das keiner weiter da war. Doch mein Gedanke täuschte mich.

Als ich schon etwas gefahren war, gab es einen kleinen Stromausfall, der vielleicht insgesamt fünf Minuten dauerte. Als ich anfing zu fluchen, wurde dieses durch einen Kuss kurzerhand unterbrochen. Es war dieselbe Art und Weise, wie mich Luca letztens geküsst hatte. Ich fühlte es und ich nahm sein Parfüm wahr, und doch konnte ich diese Informationen nicht zusammenbringen. Er war doch heute nicht auf Arbeit gewesen. Was machte er also im Aufzug bei der Schließung vom Unternehmen? Als das Licht wieder anging, schaute ich mich um, aber es war niemand zu sehen. Was war das eben? Ich fuhr auf die kürzeste Strecke nach Hause und setzte mich in die Küche. Um gemütlich in der Stube zu sitzen und einen Film anzuschauen, fehlten mir die Nerven. Es war ein sehr aufregender Tag gewesen. In wieweit konnte man jetzt mit ihm reden, ohne das es morgen im Ordner versehen ist. Bis ich einschlief verging eine ganze Weile, aber auch dann konnte ich die Gedanken nicht abschütteln. Mein Traum konzentrierte sich darauf, die Fakten zu analysieren und eine Verwendungsmöglichkeit dafür zu finden.

Am nächsten Morgen ging ich meinen gewohnten Trott nach. Erst eine angenehme Dusche, Schminken,

Haare stylen, Ankleiden und Frühstück essen. Die ganze Zeit plagte mich ein Gefühl, das ich verfolgt werde. Mein Auto stand wie jeden Tag in der Tiefgarage. Mit jedem Schritt dichter wurde dieses Gefühl nur noch stärker. Ich blickte mich immer wieder um und suchte mein Auto überall ab, um festzustellen, das niemand da war. Trotzdem fühlte ich mich nicht wohl. Im Büro war Luca wieder aufgetaucht, der mich sehr intensiv anstarrte. Ich war noch nicht einmal richtig drin, da stand er an der Tür und drehte den Schlüssel um. Die Jalousie war noch unten, wie jeden Morgen, um mögliche Einblicke in der Nacht zu vermeiden. Er kam ohne Umschweife zu mir und hauchte mir, mit seiner Samtstimme, ein paar Worte ins Ohr.

„Jetzt bekommst du deine gerechte Strafe."

Er stand jetzt direkt vor mir und redete weiter.

„Du solltest auf mich hören. Aber ich ahnte bereits, dass du der Versuchung nicht widerstehen könntest."

Ich meinte ein Glitzern in seinen Augen zu sehen, war mir aber nicht ganz sicher.

„Ich weiß nicht genau wovon du redest. Ich sollte an deinem Projekt weiter arbeiten, was ich auch getan hatte."

„Aber du solltest nicht in den anderen Ordnern reingucken."

Bei diesen Worten wurde ich rot vor Scham. Auf frischer Tat ertappt. Er musste beim Anblick meines Gesichts hämisch lachen.

„Woher willst du wissen, dass es stimmt? Und wann willst du mich gestern gewarnt haben?"

Die Fragen sprudelten aus mir heraus, denn ich wurde wütend, um meine Scham zu verbergen. Außerdem war es endlich eine Gelegenheit mit ihm zu reden.

„Ich weiß genau das du mich deutlich gehört hast, denn du bist auf mich geprägt. Somit hast du es bewusst ignoriert. Du willst wissen was ich bin? Dann find es doch heraus. Nur eins musst du dir bewusst sein, mich wirst du niemals mehr los."

Wieder nutzte er seine körperlichen Vorteile und zwängte mich an sich. Er presste seine vollen Lippen auf meine, sodass mein Herz aufhörte zu schlagen. Er war so eindringlich und intensiv, das ich wieder meinen Gefühlen unterlag. Seine Zunge kitzelte meine, und im Gegensatz zu seinem Griff war das zärtlich. Mit der freien Hand strich er langsam unter mein Shirt. Er strich weiter, um bei meinen BH-Verschluss halt zu machen. Leichtfertig öffnete er diesen mit nur einer Hand. Es fühlte sich an, als wenn seine Berührungen meiner Haut einen Stromschlag verpassten. Ich fühlte mich, als wenn ich lebendig verbrannte. Zudem ganzen Durcheinander war auch wieder dieses Gefühl des Magnets erschienen. Egal was passieren könnte, ich wollte nur noch seinen Körper an mir spüren. Das drum herum nahm ich nicht mehr wahr. Wir hätten selbst mitten auf der Straße sein können und ich würde nichts verändern. Ich fühlte mich sehr wohl und geborgen in seiner Nähe. Von mir gab es keine Anzeichen, das ich mich wehrte, im Gegenteil. Ich forderte ihm weiter heraus, sodass er auch den Griff etwas löste, um mir mehr Freiraum zu geben. Seine Finger tänzelten zärtlich auf meinen Rücken umher, jede Berührung entlockte mir ein leichtes Stöhnen. Er schob mein Rock etwas höher und schlang mich wieder um seine Hüfte. Ich wusste, wenn nichts passiert was uns stoppte, dann würde es gleich zur Sache gehen. Ich wollte ihm berühren und unter sein Shirt gleiten, doch das war das Ende vom Anfang. Als er es merkte ließ er mich erneut mit meinem keuchenden Atem sitzen und ging auf seinem Bürostuhl zurück. Wie schaffte er es sich so schnell wieder unter Kontrolle zu haben?

„Um das Gehorchen brauche ich mir wohl kaum noch Sorgen zu machen, nicht wahr?"

Ich wackelte mit meinen gefühllosen Beinen zu meinem Bürostuhl. Als ich endlich da war und mich setzen konnte, war mein Gesicht immer noch rot und mein Atem ging viel zu schnell und zu flach. Ich keuchte, als wenn ich 3 Mal um das Gebäude gesprintet wäre. Ich hätte etwas Wasser gebrauchen können, doch so traute ich mich nicht auf den Flur. Auch nach weiteren 15 Minuten war ich noch nicht mit den Gedanken bei der Arbeit. Aus dem Augenwinkel sah ich, dass er weiter machte, als wenn nie etwas gewesen wäre. Er konnte seine Gefühle wie ein Lichtschalter umschalten. Ich wagte es einen Blick auf sein Schritt gleiten zu lassen, selbst da schien alles wieder in bester Ordnung. Der Blick kostete mich wieder ein rotes Gesicht, obwohl das bereits normal war. Ich stellte ihn mir zu dem ganzen Theater auch noch nackt vor. Das, was man bereits sah, plus die eigene Fantasie war eine gefährliche Kombination. Ich stellte mir straffe Oberschenkel und Gesäß vor, obwohl ich sie noch nicht berührt hatte. Er musste ein Sick pack besitzen, alles andere würde mich enttäuschen. Er war zwar muskulös, aber seine Kraft hatte er gut im Griff, denn ich hatte keine weiteren blauen Flecken erhalten, was eigentlich schade war. Ich sammelte sie heimlich als Treuepunkte, und hätte mich an jeder Begegnung erinnern können. Diese Spinnereien zogen sich bis zum Feierabend hin.

Nach dieser Erfahrung musste ich dringend mit Sarah reden. Sie war total sprachlos, wie weit ich also im Stande war zu gehen. Aber irgendwie glaubte sie mir diese Geschichte nicht. Sie lachte mich regelrecht aus, weil sie sich sowas von mir nie erträumt hätte. Eigentlich sah sie mich immer als anständiges Mädchen und nicht als nach Lust zehrendes Wesen. Auch das er etwas bedrohliches an sich hat und mich mehr oder weniger als Spielball benutzte, glaubte sie mir kaum. Sie denkt, ich könnte nur nicht klar denken, weil ich ihm zu sehr bewunderte. Bis zu einem gewissen Punkt hatte sie recht, aber die Geschehnisse waren real. Ich habe in ihren Augen einfach zu große Angst eine Partnerschaft einzugehen. Es war so schon anstrengend es ihr zu beichten, weil es für mich sehr peinlich ist, aber die Ratschläge von ihr halfen mir nicht weiter. Die Nacht wälzte ich mich ruhelos hin und her. An Träume konnte ich mich zum Glück nicht erinnern. Es war Freitag und das Wochenende war mal wieder nahe. Vielleicht hatte ich nur zu viel gearbeitet und kaum Schlaf bekommen, sodass ich mir wirklich Dinge einbildete, um mein Leben aufzuputschen. Als ich Luca auf Arbeit sah brannte mir eine Frage auf der Zunge. Sie drehte sich nicht zwangsläufig um die Geschehnisse von gestern, doch ich fand von alleine keine Antwort darauf.

„Was bist du? Also ein Mensch bestimmt nicht."

Die Bestrafung

Wieso hab ich das gefragt? Jede Bestrafung führte dazu, das er mich um den Finger wickelt und von mir bekommt was er will. Aber zu meiner Überraschung fing er an zu reden.

„Du wirst es noch früh genug herausfinden können. Ich gebe dir einen Hinweis, womit du vielleicht mehr anfangen könntest."

„Und das wäre? Ich bin neugierig."

„Ich war mal ein Mensch, aber dieses Dasein habe ich abgelegt. Du weißt schon ziemlich viel, aber das hat dich auch erst in diese Lage gebracht, mein Schätzchen. Hättest du die Finger von mir gelassen, hättest du in Ruhe weiterleben können, wie bisher. Aber nun unterstehst du meinen Befehlen."

„Mein Leben war immer ruhig gewesen, endlich passiert mal etwas spannendes."

So wie ich es ausgesprochen hatte, bereute ich es auch wieder. Sein Glitzern in den Augen war wieder da, und diesmal täuschte ich mich nicht. Er liebte es, wie sehr mir die neue Rolle gefiel und ich sie bereits auslebte.

„Verrate mir bitte, wieso du keine Angst vor mir hast, so wie alle anderen Menschen auch?"

„Ich weiß es nicht," gestand ich mal wieder offen und ehrlich. Es stimmte. Diese Angst, die ich zum Anfang vor ihm hatte, war verschwunden. Sie wich der puren Neugier und den Reiz seinen Körper zu spüren. Nur leider konnte ich in seiner Anwesenheit nicht lügen. Normalerweise hätte ich ihm kontra gegeben und mich aus dem Staub gemacht, aber sein Blick kitzelte die kleinen Details aus mir heraus und zwang mich zur Wahrheit.

Das Wochenende war sehr langweilig gewesen und zog sich wie ein Kaugummi hin. Ich wechselte gelegentlich zwischen meiner Couch und dem Bett. Das einzige, was ich geschafft hatte, war die Serie zu Ende zu schauen, die ich vor Wochen begonnen hatte. Ab und zu versuchte ich im Buch zu lesen, aber auch dafür fehlte mir der Antrieb. Doch die Nacht vom Sonntag zum Montag wird mir immer im Gedächtnis bleiben. Ich trat gerade aus der Dusche und wollte mir das Handtuch nehmen und um mich legen. Da ertönte erneut die Stimme in meinem Kopf und gab mir eine kleine Anweisung, die ich zu befolgen hatte.

Komm zu mir. Geh in dein Schlafzimmer, so wie du jetzt gerade bist.

Innerlich zählte ich eins und eins zusammen von unseren Gesprächen. Er meinte er wäre es gewesen, der mit mir sprach und mich davor bewahren wollte, diesen Ordner zu öffnen. Normalerweise hätte ich Panik bekommen sollen, doch ich liebte diesen Nervenkitzel. Es war riskant mit dem Feuer zu spielen, und dennoch war es mir so ziemlich egal. Ich ging langsam zur Schlafstube und musste im Türrahmen stehen bleiben, um erst mal tief Luft zu holen. Er war wirklich in meiner Wohnung und lag in meinem Bett. Wie ist er hier reingekommen? Er hatte keinen Schlüssel und ich wohnte im dritten Stock. Einen Balkon zur Wohnung gab es auch nicht. Das Licht war gedimmt und ich konnte nur seine Umrisse sehen. Trotzdem konnte ich zu 100 % sagen, dass es sich um Luca handelte. Ich kannte ihn schon zu genau, als das ich mich täuschen könnte. Was in seinen

Gesicht passierte blieb mir leider verborgen. Ich musste mich erst leicht kneifen, um sicher zu gehen, dass er nicht wieder verschwand, wenn ich die Augen schloss. Als ich begriff, dass man an der Tatsache nichts zu verändern konnte, lief mein Kopf puterrot an. Ich hätte im Erdboden versinken können. Langsam wurde ich nervös und suchte nach einer Möglichkeit, um mir was anzuziehen. Natürlich war es total albern, denn er hatte mich ja bereits nackt gesehen. In weniger als einer Sekunde stand er vor mir und hielt mein Gesicht in den Händen.

„Lass mich los", stammelte ich verzweifelt, was nicht sehr überzeugend klang.

Wenn mich jemand so angeredet hätte, wäre ich in Gelächter ausgebrochen. Anstatt los zu lassen, nahm er aus trotz noch meine Hände und hielt sie mir hinter meinen Rücken zusammen. Er betrachtete mich von Kopf bis Fuß, sodass ich mich immer mehr schämte. Bei meinen Tattoo musste er etwas schmunzeln. Es befindet sich bei meinem rechten Schlüsselbein. Es ist eine kleine Lilie mit einem Schmetterling.

„Du bist wunderschön", sagte er, als er die Entdeckungstour beendet hatte.

Ich fühlte mich leicht betreten. Solche Komplimente hörte ich zum ersten Mal. In mir tobte ein Gewitter und die Blitze krochen wie Strom durch mich hindurch. Er gab mir keine Chance durchzuatmen und fing an meinem Hals zu küssen. Er ging immer weiter runter, bis zur Brust. Dort blieb er eine Weile, um meine Reaktionen abzuwarten. Ich konnte das leichte Stöhnen in mir nicht unterbinden. Das war für ihm eine Einladung gewesen, um meine Brüste in die Hand zu nehmen und sie zu massieren. Anschließen zog er leicht an den Brustwarzen, was mich in den Wahnsinn trieb. Meine Brustwarzen und die Klitoris waren meine erogenen Zonen. Nachdem er dort fertig war ging er etwas in die knie. Aus dieser Position konnte er abwechselnd mit meinem Bauchnabelpiercing und der Scheide spielen. Er blickte immer wieder hoch, um das Tempo zu regulieren. Mein Atem wurde immer schneller und ich konnte nicht anders als öfters mal zu stöhnen. Nach einer Weile wollte ich ihm genauso um den Verstand bringen. Deswegen versuchte ich mein Verlangen laut auszusprechen.

„Darf ich...?"

Er guckte mich an und wartete darauf, dass ich meine Worte wieder fand. Ich brachte keinen ganzen Satz zusammenhängend heraus und musste mit einzelnen Wörtern den vorherigen beenden.

„... dich berühren?"

Er legte mir ein Finger auf die Lippen, um mich zum Schweigen zu bringen.

„Nicht so schnell, du kleine Raubkatze. Ich sehe es so gerne wie du dich vor Erregung windest. Du konntest von Anfang an nicht deine Gefühle verbergen. Ich gebe dir lediglich das, was du dir in deinen Träumen ausgemalt hast."

Bis vor ein paar Minuten hätte ich mich wahrscheinlich gefragt, woher er meine Träume kannte, aber er wusste anscheinend besser über mich bescheid, als ich selbst. Ich flehte ihm mit meinen Augen an, das er das Feuer in mir löschen soll, und nicht wieder ruckartig ersticken, wie die letzten Male. Eine Hand glitt langsam an meinem Bein hinab, bis zur Kniekehle, um mich leicht hochzunehmen. Er trug mich leichthändig zum Bett und legte mich sanft auf den Rücken. Auch jetzt war jede Möglichkeit der

Flucht verbaut, denn den festen Griff um meine Handgelenke behielt er bei. Er arbeitete sich mit seiner Zunge Millimeter für Millimeter an meinen Körper entlang, bis alles erkundet war. Es gab kein Fleck wo er nicht gewesen war. Die Flamme in mir schien mich zu zerreißen, und meine Erregung stieg ins unermessliche. Ich wollte ihm, jetzt und sofort, ohne jegliche Zweifel. Danach würde ich mich vielleicht Ohrfeigen, aber das war mir im Moment total egal. Er ließ mich kurz los, um sich vom Shirt zu entledigen. Er hatte weiterhin das Kommando, denn er küsste mich wieder auf diese unwiderstehliche Art und Weise. Währenddessen fuhren meine Finger jede einzelne Linie seiner perfekten Muskeln entlang. Mein Wunsch hatte sich erfüllt, denn unter den Kleidern war das erwartete Sick pack. Am Ende gelang ich zum Knopf seiner Hose. Ich wollte ihm gerade öffnen, da nahm er meine Hände und übernahm es selbst. Ich durfte mich nicht wegbewegen, deswegen schob er schnell die Hose von seinen Beinen. Seine Kleider lagen jetzt am Fußboden quer verstreut. Ich musste einmal tief Luft holen, denn sein Körper war perfekt und eigentlich viel zu schade für jegliche Kleidung. Sein leichter brauner Teint wirkte im gedimmten Licht noch attraktiver. Sein Glied war sehr erregt und bereit für mich. Als ich noch am staunen war, nutzte er die Chance meine Scheide zu bearbeiten. Er umspielte erst meine Klitoris, indem er saugte und leicht knabberte. Er nahm sich die Zeit um mich richtig in Stimmung zu bringen. Das Verlangen in mir wurde immer größer und das machte ich auch bemerkbar. Er schob mich etwas höher im Bett und gleitet langsam zwischen meine Beine. Sofort klammerte ich ihm ein, aus Angst er könnte es sich doch noch anders überlegen. Mit einer einzigen Bewegung gelang sein Penis in mir und ich fieberte fast vor Erregung. Ich wuschelte sein Haar durcheinander und drückte ihm dichter an meinem Körper. Es sollte nicht mal mehr ein Blatt Papier zwischen uns passen. Seine sanften Bewegungen waren rhythmisch und ich konnte mich zu unseren stummen Lied mitbewegen. Mein Mund und meine Zunge kamen kaum zu einer Pause, denn er küsste mich ständig. Wenn ich mal Luft brauchte dann küsste oder streichelte er meinen Busen. Er war so elegant, als ob er nie etwas anderes gemacht hatte. Seine Bewegungen sind geschmeidig und er brachte mich in den höchsten Künsten der Ekstase. Die Zeit schien still zu stehen und ich nahm jedes Gefühl schärfer wahr als sonst. Als wir uns dem Ende näherten war es für mich viel zu kurz und zu wenig gewesen. Die Uhr klingelte zur vollen Stunde, dadurch viel mir auf das es eine Stunde unbeschreiblicher Sex war. Wir lagen beide nackt in meinem Bett, bis ich in einen ruhigen Schlaf überging.

Die erste Idee

Mein Wecker klingelte und erinnerte mich daran, dass heute Montag war. Der Traum war mit den Ereignissen der letzten Nacht gefüllt gewesen. Als ich die Augen öffnete, war ich schwer enttäuscht, denn das Bett war außer mir, leer. Ich grummelte in mich hinein und dachte, dass er wirklich nur eine Frau suchte, die leicht zu haben war. Das war ja prima. Die Jungfräulichkeit an so einem zu verschwenden, war das dümmste, was es gab. Aber warum zerbrach ich mir so den Kopf darüber? Ich wusste es ja schließlich schon vorher. Ich wollte ins Bad gehen, um mich frisch zu machen, als mein Herz stehen blieb. Er war immer noch hier. Luca stand mit freiem Oberkörper im Flur und starrte mich an, weil ich noch unbekleidet war. Da ich dachte, er sei nicht mehr im Haus, war es mir egal gewesen, wie ich rumrannte. Ich schnappte mir ein paar Kleidungsstücke, die auf dem Boden lagen, unter anderem das Oberteil von ihm. Es war zu groß für mich und wirkte wie ein übergroßes Longshirt an mir, aber es verdeckte zumindest alles wichtige. Ich schlängelte mich an ihm vorbei und sprang in die Dusche. Ich brauchte dringend etwas Abkühlung. Mit ein gutes Gehör hätte man es zischen hören können, wenn das kalte Wasser auf meiner heißen Haut landete. Nach der erholsamen Dusche, aß ich etwas zum Frühstück. Am leckersten und auch am einfachsten ist ein Müsli. Zur Zeit hatte ich ein Karamellmüsli, das neu im Sortiment war. Aus dem Augenwinkel bemerkte ich, das er keinen Bissen zu sich nahm. Es herrschte eine unheimliche Stille zwischen uns, wenn man bedenkt, was wir die Nacht getrieben hatten. Nach dem Frühstück fuhren wir mit meinem Auto zum Büro und gingen unserer Arbeit nach. Anstatt mich auf die Arbeit zu konzentrieren, flogen meine Gedanken wieder zu Luca. Immer wenn ich sehr konzentriert über etwas nachdenke, fällt es mir schwer ruhig zu sein. Meine Gedankenzüge rede ich meist vor mich hin, als ob ich eine Antwort darauf wirklich erwarten würde.

„Er ist anziehend und abstoßend zu gleich. Er geht Menschen meist aus dem Weg. Aber eigentlich sollte man das richtig erzählen. Die Leute gingen ihm aus dem Weg, ihm ist es egal. Er isst nie etwas und dass er schläft, hab ich auch nicht mitbekommen. Er ist übermenschlich schnell, immer attraktiv, kann in die Gedanken anderer eindringen und ist teuflisch gut im Bett. Dann sagte er selbst, dass er kein Mensch sei."

Bei dem Wort Teufel hatte ich das Gefühl er würde lachen, also musste er mein Gemurmel mitbekommen haben. Daraufhin fragte ich mich, ob er ein Teufel ist. Anstatt die Pause zu genießen, wollte ich das Internet nach verschiedenen Möglichkeiten durchsuchen. Die meisten Recherchen brachten mich nicht weiter, es war immer zu unspezifisch. Mal angenommen er ist ein Teufel, was war ein Teufel genau? Nur eine einfache Geistererscheinung? Aber dann hätte das letzte Nacht nicht stattfinden können. Wieso ist er überhaupt bei unserem Unternehmen und angelte sich eine Frau? Anstatt endlich Klarheit zu haben, taten sich neue Fragen in meinem Kopf auf. Ich beschloss ihm direkt mit meinen Fragen zu konfrontieren. Wer nicht wagt, der nicht gewinnt, oder? Er betrat den Raum, und diesmal war ich es die den Schlüssel umdrehte und das Büro verschloss. Nur ich hatte andere Absichten.

„Ich habe viel überlegt und recherchiert. Aber ich habe nur eine vage Vermutung. Bist du ein Teufel?"

„Du enttäuscht mich nicht. Es stimmt aber nur zur Hälfte. Ich gehöre der dunklen Seite an, aber ein Teufel bin ich nicht."

Seine Ausstrahlung war noch intensiver als sonst, so als ob er nichts mehr vor mir verbergen wollte, da ich ihm immer mehr auf die Schliche kam.

„Du streitest nicht mal ab, das du der dunklen Seite angehörst?"

„Nein."

Ich war total bestürzt und wusste nicht was ich noch fragen wollte. Als ich meine Augen geschlossen hatte und mir die Schläfen rieb, konnte ich meine Gedanken wieder klar einordnen.

„Wieso bist du dann hier? Und...?"

Weiter kam ich nicht, denn er unterbrach mich. Er hob die Hand, um mich zum Schweigen zu bringen.

„Nein ich brauche nicht Essen oder schlafen. Ich mache es um nicht aufzufallen. Ich hatte mal Lust die Menschen zu beobachten. Ich hätte nur nicht mit so einer scharfsinnigen und gleichzeitig attraktiven Frau gerechnet. Nein ich hatte es auch nicht darauf ausgelegt ein leichtes Mädchen zu finden. Ich habe nur deine Signale und Gedanken aufgenommen und es dir wahr werden lassen."

„Wie hast du es geschafft, das ich dich in meinen Gedanken höre?"

„Kannst du dich denn nicht daran erinnern?"

Ich überlegte angestrengt nach. Es lag mir auf der Zunge, aber es wollte mir nicht einfallen. Es scheint so, als ob es etwas war, was mich nicht lange beschäftigt hatte. Wie ein Geistesblitz kam mir eine Idee.

„Der Knutschfleck…"

„Das ist das Mal unserer Verbindung. Somit wirst du mich nicht mehr los, auch nicht in deinen Gedanken."

„Wo ist das Mal eigentlich? Ich kann es nirgends sehen."

„Ich hatte es mit Absicht verborgen, weil ich dachte du würdest es hassen. Es wird jeder sehen können. Es ist kein blauer Fleck wie du dachtest, sondern eine Rose."

„Lass es mich bitte sehen."

Eine Frage brannte mir noch unter den Nägeln, seit diesem Ereignis. Es war der Tag der Tage, wo sich mein Leben um 180 Grad drehen würde. Ich hätte nie damit gerechnet in dieser kleinen Stadt, auf meiner Arbeit jemanden interessanten zu finden, geschweige denn etwas übernatürliches. Ich musste diese Frage einfach loswerden, sonst würde sie mich noch Jahre verfolgen.

„Wieso hattest du mich damals gerettet? Du hattest doch nichts davon."

„Das stimmt nicht so ganz. Dein Ehrgeiz bei der Arbeit und dein Blick fürs Weite habe ich schon vorher bemerkt. So wurdest du mein Versuchskaninchen. Es wäre schade gewesen, wenn du gestorben wärst. Als du mir dann hinterherspioniert bist, war ich erst wütend, aber gleichzeitig auch sehr neugierig. Den Rest müsstest du eigentlich selber wissen."

„Ich glaube ich träume."

Ich war platt von den Antworten und der Ehrlichkeit, sodass ich es für den Tag dabei belassen hatte. Nach der Arbeit fuhr ich alleine zu meiner Wohnung und machte den Fernseher an. Es war angenehm mal wieder alleine zu sein. Für diesen Abend standen keine weiteren übernatürlichen Machenschaften an. Das hoffte ich zumindest. Eigentlich wusste ich nie so genau, wann er das nächste Mal zuschlagen würde. Aber die Fantasien, was wir alles noch tun konnten, hatten bereits ein Eigenleben entwickelt. Die Ideen griffen alles mit ein: Sex, Beziehung, Arbeit vielleicht sogar Kinder. Aber wie sollte denn sowas möglich sein? Seitdem Luca bei uns angefangen hatte, gab es in meinen Kopf nichts anderes als ihm. Entweder hörte ich seine Stimme, fühlte seinen Körper, spürte die Aura oder dachte ununterbrochen an ihm. Später ging ich zu Bett und bin wohl auch gleich eingeschlafen. Mitten in der Nacht wurde ich wach, weil ich merkte, dass mich jemand berührte. Ich drehte mich um und sah mich in den Augen von Luca wieder. Ich betrachtete sie zum ersten Mal, und wunderte mich, das sie mir nie vorher aufgefallen sind. Sie sind wunderschön und wirken niemals im Leben menschlich. Sie sind grünlich, fast schon Türkis, wie ein Smaragd. Ich ließ die Umarmung zu und schlief ruhig in seinen Armen ein. Es war nicht die erste und wird auch nicht die letzte Nacht gewesen sein, wo er mir den Schlaf raubte. Wie sollte es mit uns denn bloß weiter gehen?

Wie sollte ich seine Existenz vor meiner Mutter geheim halten? Meine Mutter hatte mich gefragt, ob ich mal wieder rum kommen könnte. Das war aber alles vorher, da ahnte noch keiner von Luca. Sie ist sehr speziell und wird sich ihm genau anschauen und alles herausfinden wollen. Aber vielleicht bekomme ich dadurch auch Fakten zu erfahren, die selbst ich noch nicht kenne. Ich werde sie mit den Tatsachen konfrontieren, wenn ich vor ihrer Tür stehe und klingle. Ich glaube egal wer, ob Mensch oder nicht, würde meine Mutter erst mal überzeugen müssen.

Sie kannte es nicht, dass ich eine Beziehung zu jemand anderes hatte, und wollte unbedingt sichergehen, dass ich keine Fehler beging. Wenn sie nur wüsste, dachte ich mir so. Sie wird also höchstwahrscheinlich nur mein altes Schlafzimmer aufgeräumt haben, aber auch da besaß ich schon ein Doppelbett. Ich brauchte immer und überall viel Platz. Selbst eine Villa würde ich mit der Zeit komplett ein dekoriert haben, ohne das jemand mit mir zusammen dort wohnt. Der Nachteil an meinem Ex-Schlafzimmer: es war neben dem Elternschlafzimmer. Naja wenn es was zu bereden gab, könnten wir ja per Gedanken weiter machen. Es sollte diesmal ein voller Erfolg werden. Ich war total aufgeregt. Sowohl über die Reaktionen meiner Eltern, als auch die erhofften neuen Informationen.

Der nächste Tag war ziemlich normal verlaufen und am Abend versuchte ich Sarah zu erreichen. Dann und wann benötigte ich ihre Ratschläge oder Erfahrungen. An sich wollte ich mal von meinem Liebesleben erzählen, was ja nun schon selten vorkommt, aber ich kam nicht dazu. Sie fing gleich an und wollte so viel es nur ging loswerden. Es erweckte bald den Anschein, als ob sie sich ausweinen wollte. Diese Situation war sehr behaglich für mich, denn bisher war ich noch sehr unerfahren und konnte ihr schlecht helfen. Zudem wanderten meine Gedanken immer wieder weit weg, in andere Themen. Somit hörte ich ihr mehr zu, als das wir miteinander redeten. Ab und zu sagte ich ja und machte ein interessiertes hm oder tat so, als ob ich was nachfragte. Sarah reichte es und sie beklagte sich bei mir.

„Ich weiß das es dich nervt, wenn ich von Philipp und mir rede, aber heute macht es keinen Spaß mit dir zu reden. Deine Antworten stimmen nie zur Frage."

„Entschuldigung. Ich hab dich ehrlich gesagt kaum mitbekommen."

Ihr Scharfsinn war mal wieder treffsicher gewesen. Sie wusste, dass der Grund dafür Luca sein musste. Jetzt begann die Fragerei, die ich eigentlich überspringen wollte. Wenn ich von alleine erzähle, hätte sie das erfahren, wozu ich im Stande war zu berichten. So war es für mich wie eine Quälerei.

„Seid ihr nun zusammen? Was ist zwischen euch bisher passiert? Was weißt du schon alles über ihm? Na los erzähl schon, ich platz gleich vor Neugier."

„Ja, ich glaube wir haben was miteinander. Allzu viele Informationen habe ich auch noch nicht. Aber ja bevor du die Frage auch auspackst, wir haben schon miteinander geschlafen."

Ihr muss wohl die Kinnlade runtergefallen sein. Mit dieser Antwort hätte sie nie im Leben gerechnet. Es dauerte eine Weile, bevor man am anderen Ende wieder eine Stimme vernahm. Sie musste sich erst mehrmals räuspern, um sich somit zu sammeln. Als sie anfangen wollte zu reden, stotterte sie sich etwas zurecht, denn sie war mehr als nur sprachlos.

„Du, also ich meine Klara, die die ich bisher kenne. Bist du es wirklich? Freiwillig oder Zwang? War es schön? Wo wart ihr? Wie kam es dazu?"

„Es hat keiner von mir Besitz ergriffen, deswegen sag ich mal freiwillig. Es war bei mir zu Hause. Aber mehr sag ich jetzt auch nicht."

„Das reicht auch, um ehrlich zu sein. Damit hätte ich nie gerechnet. Dass du es so früh treibst, dann noch ohne mir was zu erzählen, das ist ziemlich neu für mich. Das Küken wird flügge. Wie süß."

Sie beglückwünschte mich mehrmals und wollte am liebsten noch mehr wissen. Das meiste ließ ich aus, was ihr missfiel. Sie wünschte mir Glück und nahm meine Entschuldigung an, das ich ihr kaum Gehör schenkte. Nach diesem anstrengenden Gespräch wollte ich ein ausgiebiges Bad nehmen und entspannen. Als ich es mir gerade in der Badewanne gemütlich machte, tauchte Luca neben mir auf. Wie immer ließ ich ihm gewähren und unterlag meinen Gefühlen. Er zog sich rasch aus und stieg zu mir in die Wanne. Das Wasser wurde in diesen Moment um 2 Grad wärmer und die Küsse machten es noch heißer. Die Badewanne glich jetzt einer Sauna, die niemals enden sollte. Nach einer Weile nahm er mich in seine starken Arme und legte mich ins Bett. Wir brauchten uns nicht mehr auszuziehen, was die Sache etwas beschleunigte und das Vorspiel verkürzte. Diesmal verwöhnte ich ihm mit dem Mund und massierte sein bestes Stück. Galant wie eh und je suchte er sich einen Weg zwischen meinen Beinen und schob mich zu sich heran. Als er in mir eintrat, merkte ich das Pulsieren sofort. Mein Körper wusste was zu tun war. Ich dachte es könnte nicht mehr besser werden, da nahm er mich und stellte mich auf allen vieren. Er drang von hinten in mir ein und massierte gleichzeitig meinen Po. Zwischendurch verwöhnte ich seinen Penis, bevor er wieder und wieder in mir eindrang. Als er zum Orgasmus kam, verblieb er eine Weile in der Position. Ich glaube er wollte es genauso genießen wie ich. Danach entzog er sich meinen Inneren und drehte mich um, sodass ich in seine Augen blicken konnte. Im Moment war es eine Begierde der Lust. Kann daraus eine Beziehung entstehen? Ich küsste ihm ohne Punkt und Komma. Wann genau es geendet hatte, kann ich nicht sagen, aber es war wunderschön.

Das Familientreffen

Wir hatten beschlossen eine Beziehung zu starten. Zumindest für den Schein nach außen hin. Denn wir kannten uns erst einen Monat und führten bisher eine Beziehung mit reiner Lust. Weil er normalerweise keine Wohnung benötigte, zog er bei mir ein, um den Beziehungsstatus aufrechtzuerhalten. Die Nächte wurden sehr oft dadurch verkürzt. Durch meinen neuen Beziehungsstand musste ich ihm mitnehmen zu meinen Eltern. Das war überhaupt der Grund für all das gewesen. Ich wollte nicht unbedingt alleine zu ihnen. Nicht das ich Angst hatte oder so, aber ich vermisste ihm, wenn er nicht da war. Ich brauchte ihn fast so sehr wie meine Lungen den Sauerstoff.

Die Fahrt dauerte ca. 2 Stunden, wo man normalerweise Reden könnte. Bei uns verlief alles ziemlich still, und wenn ich was wollte, beantwortete er es, noch bevor ich es ausgesprochen hatte. Ich ermahnte ihm ein klein wenig, da meine Eltern normale Menschen sind und davon nichts wissen sollen. Er sollte dieses Wochenende zumindest so tun, als wäre er ein Mensch. Sie erwarteten uns bereits und standen vor der Tür zum Empfang. Als Luca meiner Mam die Hand reichte, merkte ich sofort, das sie ihm nicht so mochte. Anscheinend ist die anziehende Seite nur für mich spürbar. Das sollte die Sache nur zusehends verschlimmern. Wie üblich behielt ich recht und zog das Pech magisch an. Sie versuchte Luca in die Ecke zu drängen und fragte sämtliche Sachen über mich, die wirklich nur ein echter Partner wissen konnte. Da er meine Gedanken kannte, ist diese Prüfung für ihm ein Leichtes. Zum Glück fragte sie mich nicht über ihm aus, denn das wäre sehr peinlich geworden. Sie richtete sich dafür lieber gleich persönlich an ihm. Er hätte mir zwar die Antworten sagen können, aber ich glaubte nicht daran, dass es überhaupt eine richtige Geschichte über ihm gab. Es war aber wohl eine falsche Einstellung, denn die Erzählung klang ziemlich real, die er nun erzählte. Seine Eltern hat er bei einem Verkehrsunfall verloren. Danach wurde er in ein Heim gesteckt. Zu dem Zeitpunkt des Unfalls befand er sich in der Schule. Seine Eltern mussten einige Dinge erledigen und standen unter Stress. Dadurch waren sie zu schnell unterwegs gewesen und kamen von der Straße ab. Die Kurve war einfach zu schmal geschnitten, um dort zu rasen. Somit kam das Auto ins schlingern und prallte gegen einen Baum. Mit 16 versuchte er eine Arbeitsstelle zu finden, um aus dem Heim auszuziehen. Es gelang nicht beim ersten Versuch, wodurch er auch ausbrechen wollte. Viele Versuche blieben erfolglos, bis sich jemand Zeit für ihm nahm und sein außergewöhnliches Talent erkannt hatte. Er wurde in seinem Vorhaben nun unterstützt, und ins Arbeitsleben eingegliedert. Als Mam und Dad kurz in der Küche verschwanden um das nächste Gericht vorzubereiten, schaute Luca mich an und versuchte mich zu beruhigen. Ich hatte nasse Hände vor Nervosität, denn ich wollte nicht auffliegen. Er küsste mich, wobei seine Hand ziemlichen Unfug anstellte. Er glitt unter mein Kleid und streichelte meinen Oberschenkel, aber ziemlich nah am Intimbereich. Die Nervosität ist verflogen, allerdings war ich jetzt erregt. Seine Hand verblieb nun auf meinem Oberschenkel, den er ab und zu sanft streichelte. Mam kam mit mein Lieblingsdessert zurück, Crême brouleè. Nach einer Weile ging das Detektivspiel meiner Mutter weiter.

„Wie habt ihr euch eigentlich kennengelernt? Seid ihr bereits zusammengezogen?"

Er war schneller als ich und beantwortete die Fragen.

„Ich war der neue Kollege von Klara. Anfangs hatte ich kleine Startschwierigkeiten, wodurch wir ins Gerede kamen. Nach ein paar Treffen fragte ich sie, ob sie mit mir zusammen sein möchte. Seitdem sind wir 4 Monate zusammen. Derzeitig bin ich bei ihr eingezogen, aber wir wollen bald eine größere Wohnung mieten."

Sie war immer noch nicht ganz zu frieden, denn eine weitere Frage kam noch.

„Wieso hast du vorher nichts davon erwähnt Klara?"

Erst musste ich überlegen was ich sagte, aber es viel mir leichter als gedacht.

„Ich hatte nie die richtige Gelegenheit dafür gefunden. Da schien mir ein persönliches Treffen perfekt."

Nach dem köstlichen Mahl gingen wir hoch in unser Gästezimmer und legten uns ins Bett.

„Ist Luca dein richtiger Name, oder hast du den jetzt nur angenommen?"

„So hieß ich damals als Mensch. Bisher habe ich den Namen weitergeführt. Aber mir ist es auch egal. Du kannst es auch umändern, wenn du möchtest."

„Hm wie wäre es mit Sousuke?"

„Wie kommst du darauf?"

„Ich habe den Namen in einem Buch kennengelernt. Irgendwie passt er zu dir. Er wirkt böse, aber ist er gar nicht. Darf ich dich nach deinem menschlichen Leben fragen?"

„Eigentlich weißt du es bereits. Das, was ich deiner Mutter erzählt hatte, war wirklich mein Leben gewesen. Nur das ich mich mit 16 mich der dunklen Seite anschloss und gut ausgebildet wurde. Irgendwann wurde ich selbstständig und ging meine eigenen Wege. "

„Wie alt bist du?"

„Mein Äußeres Ich ist 25 Jahre und leben tue ich seit 300 Jahren."

„Drei drei dreihundert Jahre? Und dein Aussehen wird immer so bleiben?"

Er musste schmunzeln und signalisierte mir, ich sollte mich schlafen legen, denn meine Mutter war in der Nähe und hätte uns hören können. Es gab zwar noch einiges, was ich wissen wollte, allerdings waren mir diese Antworten schon auf den Magen geschlagen. Anstatt einfacher und verständlicher, bekomme ich nur noch mehr Bauschmerzen, wenn ich an eine richtige Beziehung denke. Allerdings gab es mittlerweile einen kleinen Funken im Bauch, der mir signalisierte, dass ich mich tatsächlich verlieben könnte. Ich denke, wenn wir es ehrlich miteinander meinen, wird es einen Weg geben. Er wird vielleicht steiniger, aber da müssten wir dann eben durch.

Am nächsten Morgen gab es ein gemeinsames Frühstück, mit duftenden Brötchen und allerlei Aufstriche. Meine Mutter gab sich immer viel Mühe, wenn sie wusste ich war zu Besuch. Sie wollte unbedingt, dass ich da bleibe und vielleicht sogar noch einen Tag hinten ran hänge. Am liebsten würde sie es sehen, wenn ich in den Sommerurlaub die 2 Wochen bei denen wäre. Ich liebte die beiden über alles, aber das war dann doch etwas zu viel für mich. Heute war unser letzter freier Tag und darum mussten wir die Rückreise antreten. Zum Glück hatte Mam keine weiteren Nachforschungen betrieben und nur die gemeinsame Zeit genossen. Vielleicht legt sich ihr kritischer Blick, wenn sie merkt wie wichtig er mir ist. Er ist zwar mein erster fester Freund, aber es ist irgendwie magisch.

Die Bewusstlosigkeit

Auf der Rückfahrt wurde mir auf einmal ziemlich schlecht und ich musste rechts ranfahren. Ich hatte ein beklemmendes Gefühl, als wenn ich gleich brechen müsste. Zudem hatte ich zusehends immer weniger Kraft und konnte nicht einmal die Pedalen fürs Auto betätigen. Was dann passierte weiß ich nicht genau, aber ich muss wohl das Bewusstsein verloren haben. Das nächste woran ich mich erinnern kann ist, wie ich im Krankenhaus mit einem Tropf am Arm aufwachte. Wie lange war ich ohne Bewusstsein gewesen? In welcher Stadt waren wir gerade? Ich musste erst mal alles in meinen Kopf sortieren, um wieder zu wissen, was zu tun war. Das einzige, was mir sehr viel Halt bot, war mein Freund. Es war noch irgendwie surreal so über Sousuke zu reden, aber es war ein beruhigendes Gefühl. Dieses Wort beinhaltete, das wir wirklich ein Paar sind. Er saß neben mir und hielt meine Hand. Sein Blick war etwas betrübt, hatte ich gedacht. Das Glitzern in den Augen, was immer neckisch und verspielt wirkte, fehlte mir. So langsam machte ich mir mehr Sorgen um ihn, als um mich selbst.

„Was ist passiert?"

„Alles ist gut. Ich erkläre es dir, wenn du entlassen wirst, versprochen."

Ich schaute ihn sprachlos an. Was gab es, dass er es mir nicht hier sagen konnte? Hatte ich eine schlimme Krankheit? Aber das würde mir doch der Arzt bei der Visite sagen, oder nicht? Falls wir einen Autounfall hatten, war es schön, dass er unversehrt war. Ich hätte es nicht ertragen, dass er wegen mir verletzt gewesen wär. Vielleicht ist es eine Überlegung wert, dass nur noch er fährt. Sousuke war ein deutlich besserer Autofahrer als ich. Meistens ließ ich mich zu schnell von etwas ablenken und war zu unkonzentriert. Bisher ist mir noch nichts passiert, aber wie heißt es so schön: Irgendwann ist immer das erste Mal. Ich wurde von den diensthabenden Arzt unterbrochen, der gerne eine Nachkontrolle machen wollte. Nach dieser Untersuchung, die keine Auffälligkeiten aufwies, entlässt er mich aus dem Krankenhaus. Die Ärzte konnten es sich nicht erklären, wieso ich plötzlich das Bewusstsein verloren hatte. Alle Blutwerte und sonstige Ergebnisse waren unauffällig. Sie sagten mir, ich sollte mich schonen und meinten ich könnte ruhig mehr Essen. Sie denken es war eine einmalige Sache. Außerdem sagten sie mir, dass ich mich bei meinen Freund bedanken sollte. Ohne seine schnelle und präzise Hilfe wäre ich nicht ohne Schäden hier raus gekommen. Zu Hause angekommen, konnte ich es kaum erwarten, dass er mit der Sprache rausrückte.

„Und?"

„Der Grund dafür liegt an mir."

Mein Gesicht hatte bestimmt tausende von Fragezeichen, denn ich verstand nichts von dem, was er da sagte.

„Was genau meinst du damit?"

„Je länger eine Bindung anhält, desto mehr benötige ich Energie. Da wir bereits über einen Monat miteinander zu tun haben, habe ich zu viel von dir genommen. Du schaffst es anscheinend nicht uns beide zu versorgen. Ich zehre an dir wie ein Parasit."

„Also muss ich für uns 2 essen? Gibt es sonst noch eine Möglichkeit, wie ich helfen kann. Du wirst mich aber nicht verlassen, oder? Ich werde alles tun, aber verlass mich bitte nicht. Außerdem noch mal danke für deine Hilfe."

„Das Essen müsste eigentlich ausreichen. Genau kann ich es nicht sagen, wie man sowas macht, denn es ist auch für mich das erste Mal. Solange du es wünschst, werde ich bei dir bleiben. Aber wenn du mit deiner Energie nicht auskommst, wird die Bindung immer schwächer, ob du dann noch an meiner Seite sein willst, wird sich zeigen."

Bei diesen Worten musste ich erst mal ordentlich schlucken. Es lag also allein an mir, ob diese Beziehung eine Zukunft hatte. So konnte ich ihm zeigen, wie sehr ich daran interessiert bin. Es gestaltete sich schwieriger als gedacht, das richtige Maß an Energie zu finden. Wenn wir Sex hatten war es umso schlimmer, denn da verbrauchte er am meisten Energie. Das, was am Anfang am schönsten und einfachsten erschien, sich ihm hinzugeben und zu genießen, war für mich im Moment eine Plage. Ich wusste nicht genau was ich am besten tun konnte, um meinen Körper ausreichend zu ernähren. Leider konnte auch er mir nichts dazu sagen, denn ich war bisher die einzige, wo er so eine Bindung eingegangen war. Es erstaunte und rührte mich zugleich, weil er bereits 300 Jahre Zeit gehabt hätte, sowas auszuprobieren. Darum war ich umso mehr daran interessiert, alles erdenkliche auf mich zu nehmen, um ihm nicht zu verlieren. Meine Ernährung hatte sich drastisch geändert. Früher musste ich höllisch aufpassen was und wie viel ich aß. Meistens nahm ich Gemüse, leichte Gerichte und ließ ab und zu eine Mahlzeit ausfallen. Jetzt konnte ich den ganzen Tag süßes Essen ohne das ich zunahm. Manchmal hatte ich trotzdem Gewicht verloren und musste nächsten Tag mehr essen. Es fiel mir schwer so zu schlemmen, wenn er neben mir sitzt und nichts isst. Aber mittlerweile macht es mir nichts mehr aus, weil wenn ich es nicht tue verliere ich ihn ganz. Er mag zwar laut den Mythen ein Monster sein und der bösen Seite angehören, aber mir tat er nichts. Er hatte sich in meiner Anwesenheit unter Kontrolle. Die Aura von ihm hatte sich auch etwas auf mich ausgebreitet, was ich sehr genoss, denn Frank respektierte mich mehr. Ich konnte an ernsteren Projekten arbeiten und meine Chancen zur Beförderung aufbauen. Ich hatte durch ihm viele Vorteile erhalten, wieso sollte ich das wieder aufgeben wollen. Mein Leben hatte einen Sinn gefunden, und es scheint als ob ich nur für ihm wäre, weil nur ich die anziehende Seite von Sousuke wahr nahm. Kein anderer schien dies mit mir zu teilen, und das war mehr als gut so. Beim Gedanken ihm teilen zu müssen, ging mir die Hutschnur hoch. Wenn ich mal alleine war, zumindest rein körperlich, denn er hörte ja eh meine Gedanken, fühlte ich mich wie ein Klotz am Bein. Ich nutzte seine Aura für den Beruf, nutzte sein Körper für Sex und beanspruchte ihn für mich, aber ich konnte ihm nichts bieten. Dann und wann kommt der kleine gemeine Gedanke wieder in mir auf, den ich am Anfang hatte. Wir sind nicht auf der selben Liga. Obendrein musste er noch meinen miesen Charakter ertragen, da ich immer hungrig und ziemlich müde war. Es dauerte noch eine Woche, bis ich wieder so fit war, um arbeiten zu können. Aber ich schaffte es nicht ausreichend zu essen, denn hin und wieder plagten mich starke Kopfschmerzen. Das Wochenende war am besten, weil ich nicht arbeiten musste und diese Energie einsparte. Nach weiteren Umbauten des Speiseplans kann ich mich nun weitgehend über Wasser halten. Es sind keine neuen Schwächeanfälle aufgetreten und ich habe nicht weiter abgenommen. Ich naschte mehr oder weniger den ganzen Tag und konnte die Gourmet Straße der Patisserie kennenlernen.

Wegen meiner Bitte hatte Sousuke mir das Mal sichtbar gemacht. Er wollte, dass es mir erst wieder besser geht, bevor ich noch wegen dem Schock erneut ins Krankenhaus musste. Es war wirklich eine kleine Knospe von einer schwarzen Rose. Sie war aber noch ziemlich fest verschlossen. Eigentlich passte es, denn wir befanden uns genauso, wie diese Knospe, auch in der Anfangsphase. Es fiel den Mitmenschen nicht auf, dass ich ein Tattoo besaß, und somit konnte ich ohne Bedenken mich normal verhalten. Ich hatte, dank Sousukes schneller Arbeit, nichts aufzuholen aus meiner Fehlwoche. Es war so, als ob ich nie weg gewesen war.

Die Beförderung

Der Tag verlief ziemlich normal, bis sich die Tür öffnete. In unserem Büro traten Frank und George gleichzeitig hinein.

„Wir haben hier ein sehr wichtiges Projekt und möchten das Sie Frau Schmitz es übernehmen. Wenn sie es nach unserer Zufriedenheit erledigen, sind wir nicht abgeneigt Sie zu befördern."

Hatte Frank das gerade zu mir gesagt? Und dann auch noch vor George, damit es rechtskräftig war? Ich stand mit offenem Mund da und musste mich kurz sammeln. Ich bedankte mich bei ihm und versprach mein bestes zu geben. Als die beiden das Büro verlassen hatten, kam Sousuke auf mich zu. Er küsste mir zärtlich die Wange und gratulierte mir. Er bot mir seine Unterstützung an, denn er war ja eh immer vor dem Ablaufplan mit seinen Projekten fertig. Doch ich lehnte dankend ab. Ich wollte mit meinen eigenen Fähigkeiten bestehen, ohne jegliche Hilfe von Außen. Für das Projekt hatte ich 4 Tage zeit. Die Abgabefrist belief sich auf dem Freitag in dieser Woche. Ich hatte keine großen Schwierigkeiten damit und wurde zur richtigen Zeit fertig. Ich ging zu Frank, um ihm die Akte auf dem Schreibtisch zu legen. Er war aber vor Ort und nahm sie direkt an sich.

„Dann wollen wir mal sehen wie Sie damit klargekommen sind. Das Ergebnis gebe ich Ihnen spätestens am Mittwoch bekannt. Die neue Stelle würde bedeuten, dass Sie für Ihr Abteil der Ansprechpartner sind und mit mir und Herrn Kaufmann Rücksprache halten. Sie können gerne Ihr Büro behalten, falls Sie es wünschen. Lassen Sie sich bitte Zeit, um sich bis zur Entscheidung, damit anzufreunden. Hiermit entlasse ich Sie und wünsche Ihnen ein schönes Wochenende."

„Ok, ich lass mir alles durch den Kopf gehen, um ehrlich antworten zu können. Vielen Dank für dieses Angebot. Ich wünsche Ihnen auch ein schönes Wochenende."

Ich drehte auf dem Absatz meiner Schuhe um und ging schnell zurück zu Sousuke. Für mich war die Entscheidung bereits getroffen, dass ich in meinem Büro bleiben wollte. Ich müsste mich nur mit ihm einigen, damit wir nicht unverhofft Kollegen drin hatten, wenn wir uns küssten. Ich konnte es nicht mehr abwarten und wurde immer unruhiger. Dieses Warten machte mich total verrückt. Das schlimmste was jetzt noch kommen könnte ist, wenn er wirklich erst am Mittwoch mir das Ergebnis bekannt gibt. Es gab nur ein ja oder ein nein, aber die möglichen Antworten zu kennen, war noch schlimmer. Am Montag war ich nicht im Stande Auto zu fahren. Er übernahm diesen Part und leitete mich durch das Labyrinth hoch zu unserem Büro. Als wir ankamen wusste ich nicht genau wie ich mich verhalten sollte. Muss ich zu ihm gehen oder kommt er von alleine? Sollte ich ihm daran erinnern? Hatte er eigentlich schon in die Akte geschaut, denn es war ja danach gleich Wochenende gewesen. So gegen 11 Uhr klopfte es an der Tür und Frank trat hinein. Mein Herz setzte einen Augenblick aus, sollte ich mich freuen oder doch lieber in Tränen ausbrechen? Erst schaute er Sousuke an, so als ob er seine Genehmigung bräuchte, für das, was gleich passierte. Danach ging er zu meinem Tisch und fing an zu reden.

„Sehr schöne und präzise Arbeit Frau Schmitz. Sie haben nicht gelogen, als Sie sagten Sie bemühen sich. Es hat sich gelohnt, würde ich mal behaupten. Kommen Sie morgen früh gleich in mein Büro, damit sie den Vertrag unterschreiben können."

Er reichte mir die Hand und ich schlug ein. Ich war so froh. Auf diese Nachricht hatte ich schon lange gewartet. Als Sousuke aber eingestellt wurde und ich erst nur seine Ergebnisse gesehen hatte, als seinen Körper, sah ich den Posten schon vergeben.

„Danke für ihr Vertrauen. Ich werde die neuen Anforderungen befolgen."

Ich weiß, ich hatte ein wenig zu dick aufgetragen, denn Frank hätte mich mindestens schon 2 Mal feuern wollen. Das meiste zutun an dieser Sache hatte mal wieder George, und deswegen musste Frank seine höfliche Maske aufsetzen und die Befehle ausführen. Die Kollegen hatten heute keine Anliegen an mich, und ich konnte weiter arbeiten wie bisher. Vielleicht wussten sie es noch gar nicht, das ich ihre neue Vorgesetzte war. Neuigkeiten verbreiteten sich bei uns sehr schlecht, da die Büros sehr zerstreut waren und selten alle gleichzeitig Pause machten. Zum Feierabend kam doch noch jemand, aber nicht mit einem Problem, sondern er wollte mich beglückwünschen. Er hielt sich kurz und kam auch nicht direkt rein in den Raum, sondern stand mehr im Türrahmen. Sein Blick schweife öfters rüber zu Sousuke, und da wurde mir bewusst, das ich ihm den ruhigen Arbeitstag verdankte. Weil ich weiterhin das Büro mit ihm teilte, hatte es keiner eilig zu mir zu kommen. Ich nehme an sie werden mich in den Pausen abfangen, wenn ich alleine war. Egal ob sie es mochten oder nicht, ich werde nicht um rücken. Wir verließen das Unternehmen und wollten gerade ins Auto steigen, als mir jemand nachrief.

„Klara, ich soll dir ausrichten, dass Herr Kaufmann dich morgen in seinem Büro sprechen möchte."

„Alles klar. Ich werde es nicht vergessen."

Gesagt getan. Erst ging ich zu Frank, um den neuen Arbeitsvertrag zu unterschreiben. Danach machte ich mich auf dem Weg, in Richtung Westflügel. Ich hatte immer ein beklemmendes Gefühl zu George zu gehen. Sein Büro hatte eine Tür die entweder mit einem Schlüssel oder von drinnen geöffnet werden konnte. Es war immer wie ein kleiner Käfig für mich und es breitete sich Unbehagen in mir aus. Ich hatte gerade angeklopft, da ging auch schon die Tür auf. Es war fast so, als ob er dahinter auf diesen Moment gewartet hatte.

„Kommen Sie herein Frau Schmitz. Ich heiße Sie herzlich Willkommen."

„Vielen Dank. Was ist denn Ihr Anliegen für unser Treffen."

„Ich wollte Sie nur daran erinnern, das Sie in meiner Schuld stehen."

„Wie genau meinen Sie das?"

„Ich habe Herrn Meyer solange beredet, bis er mir zustimmte. Die Beförderung haben Sie allein mir zu verdanken."

Innerlich wusste ich das bereits, aber es noch mal so klar vor den Augen geführt zu bekommen, war noch mal anders. Bisher hatten sie nie so direkt mit mir über meine Stellung geredet. Manchmal denke ich, dass ich ein großartiger Spielball sein muss.

„Das ehrt mich sehr. Aber wie soll ich denn die Schuld begleichen. Ich nehme an, dass es das ist worauf Sie hinaus möchten."

„Da haben sie vollkommen recht."

Er nahm ein Blatt Papier und ging um den Schreibtisch zu mir. Ich nahm an er wollte mir mit dem Zettel, zeigen was er meinte. Aber ich sollte mich noch ordentlich täuschen. Er berührte meine Hand nur zufällig, aber ich merkte eine gewisse Abneigung und wollte eigentlich fliehen. Das Papier war vollkommen leer gewesen und als ich es bemerkte war es zu spät. Er nahm mein Handgelenk und zog mich mitsamt dem Rollstuhl dichter zu sich.

„Was soll das, lassen Sie mich los."

„Erst wenn du dich bei mir bedankst und die Schuld beglichen hast."

Er erhob seine dreckige Hand und legte sie auf meinem Oberschenkel, den er vorher etwas entblößte. Ich war entsetzt und versuchte mich zu wehren. Ich wollte schreien, aber er hatte es bemerkt und legte mir bereits die Hand auf dem Mund. Er drückte mich an sich, so gut es zumindest ging, und wollte das ich in seine Hose griff. Ich versuchte um mich zu schlagen oder ihn beißen zu können, sodass er mich in Ruhe lassen würde und ich zur Tür eilen konnte. Er nahm mich hoch, setzte mich auf dem Schreibtisch und schob den Rock so hoch wie es ging. Er hatte meine Hände fest im Griff und lies keinen Spielraum.

„Wehe du gibt's hier einen Mucks von dir. Es ist eine dienstliche Besprechung, die keiner erfahren wird. Es wird immer Aussage gegen Aussage sein."

Er hatte mich eingeschüchtert bekommen. Ich war auf diesen Job angewiesen und eine Vorstrafe würde mir ewig nachhängen. Dieses Delikt würde auch dafür sorgen das öffentliche Dienste mich nie nehmen würden, und somit blieb ich stumm. Der Köder hatte gezogen und die Falle schnappte zu. Die Maus war erfolgreich drinnen und man konnte sie anfassen. So fühlte ich mich gerade. In der Zwischenzeit hatte er schon meinen BH-Verschluss geöffnet und meine Brust entblößt. Er grapschte an mir rum und zog das Höschen runter. Danach ging er an seine Hose und öffnete den Reißverschluss, sodass sein Glied hinaus ragte. Wieder versuchte er, das ich ihn anfasste und ihn stimulierte. Meine abweisende Haltung machte ihm nur noch rasender. Er schlug mir ins Gesicht, um seine Missgunst zu zeigen. In meinem Kopf hatte ich mich schon auf eine schreckliche Weise damit abgefunden, dass er mich gleich auf die übelste Art und Weise missbrauchen würde. Auf einem Mal stand Sousuke neben mir und befreite mich aus dem Griff von George. Er zog mir das Shirt runter und fix das Höschen an, damit ich wieder bedeckt war. Danach kümmerte er sich um George. Er war so stark, dass keiner es mit ihm aufnehmen konnte. Ich stand weiterhin unter Schockstarre und rührte mich nicht. Er hatte George von mir weggerissen und zu Boden gebracht. Irgendwie hatte er mit ihm kommuniziert, was mir verborgen geblieben war, aber es zeigte Wirkung. George beruhigte sich und ließ uns beide in Ruhe. Sousuke nahm mich in seine Arme und trug mich zu unserem Büro. Zum Glück sind wir keinem Kollegen begegnet, der nur unnötige Fragen gestellt hätte. Als er endlich die Tür hinter uns schloss, brach ich in Tränen aus.

„Es ist alles gut. Dieses Schwein ist weit genug weg von dir."

Es war gerade erst 10 Uhr und ich hatte erst 2 Stunden gearbeitet, aber mein Kopf war leer. Normalerweise habe ich um 16 Uhr Feierabend, aber ich bat Frank per Telefon darum früher zu gehen. Er willigte ein, weil unsere derzeitigen Projekte nicht im Verzug waren. Ich war wie hypnotisiert und konnte gar nichts selbstständig erledigen. Er fuhr uns nach Hause, trug mich die Treppen rauf, half mir beim umziehen und setzte mich anschließend aufs Sofa. Ich blieb weiter in dieser Starre, auch bei dem verzweifelten Versuch von Sousuke, mich zum Reden zu bekommen.

„Möchtest du darüber reden?"

Wieder fing ich an zu weinen. Ich fühlte mich so dreckig und wusste nicht wo hin mit mir. Ich stand völlig neben mir. Sein Ruf war also doch nicht nur ein Gerücht gewesen. Es schauderte mich, wenn ich darüber nachdachte jetzt öfters zu ihm zu gehen. Durch meine neue Position war das nicht unausweichlich. Ich beschloss die Beförderung wieder aufzugeben und normal weiter zu arbeiten, aber dafür musste ich meine Stimme wieder finden. Meine Gedanken hatten ein weiteres interessantes Thema gefunden. Woher wusste Sousuke wie es um mich stand und wie kam er in den Raum? Es gab nur 2 Schlüssel, die passten, der, den George besaß, und den Generalschlüssel des Hausmeisters. Dieser arbeitet für gewöhnlich Montag, Mittwoch und Freitag, außer in dringenden Notfällen. Heute war aber Dienstag. Es war genauso wie damals, wo er einfach in meinem Bett lag oder im Badezimmer auftauchte, ohne jegliche Schlüssel. Man könnte meinen es wäre Zauberei. Zauberei? In diese Richtung hatte ich noch nie überlegt. Die Legenden über Werwölfe, Vampire, Dämonen und andere Geisterwesen war ich schon rauf und runter durchgegangen. Ich kannte einige Internetseiten auswendig. Durch meine kleine Auszeit, durch die Schwächeanfälle, waren die Recherchen eingefroren. Sollte es jetzt eine Fortsetzung dafür geben? Es war schon irgendwie Makaber. Ich war in einer Beziehung mit etwas übernatürlichen und genoss den Sex mit ihm. Aber ein Mensch widerte mich so dermaßen an. Eigentlich war es nur die Herangehensweise. Sousuke hatte immer nur das gemacht, was ich innerlich wollte. Bei George war von Anfang an eine Ablehnung dagewesen, die er gekonnt ignorierte. Später am Abend legte Sousuke mich ins Bett und streichelte mich so lange, bis ich einschlief.

Die Enthüllung des Geheimnisses

Das Wecken sollte eigentlich ziemlich zärtlich sein doch es riss mich etwas zu sehr aus dem Schlaf. Er streichelte mir durchs Haar und wollte mich küssen, doch ich wies ihm etwas zu hart ab. Eigentlich liebte ich unsere Zärtlichkeiten und den Sex, aber nach der Sache mit George fühlte ich mich unwohl. Ich wusste zwar, dass er nicht so ranging wie mein Chef, aber es quälte mich weiterhin. Die Albträume nahmen auch immer mehr zu, als das sie sich beruhigten.

Sousuke ging auf mich zu und nahm meine Hände sanft in seine. Er zeigte mir, dass ich mich setzen sollte, was ich auch tat. Er saß mir gegenüber und schaute mir tief in die Augen. Seine Haut fühlte sich wie immer weich an, wie ein Kissen. Im Kopf konnte ich das Geschehnis und Sousuke klar trennen, aber der Körper reagierte gleich. Immer wenn wir etwas machen wollten, bekam ich Gänsehaut und mir liefen die Tränen. Auch diese simple Berührung unserer Hände, war bereits zu viel für mich. Er lächelte mich an, und er sah siegessicher aus, als wenn er nach einer langen Suche den Schatz doch noch gefunden hatte. Er flüsterte einige unverständliche Worte vor sich her, bevor er wieder die Augen öffnete und mich ansah. Er kam mir immer dichter und ich verfiel erst einmal in eine Starre. Ich bemerkte aber schnell, dass mich nichts mehr beklemmte, und ich nahm den Kuss an. Ich hatte nach einer gefühlten Ewigkeit nicht mehr diese Haltung, dass mich keiner berühren darf. Das war eine große Erleichterung und ich stimmte in sein Lächeln mit ein. Ich fiel ihm um den Hals und bedankte mich bei ihm. Diesmal war er es der mich fragend ansah.

„Du willst nichts wissen und nimmst es hin, als wenn du es seit Jahren kennst. Das ist erstaunlich."

Ich wollte nicht reden, denn wir hatten etwas nachzuholen. Eventuelle Fragen beantworte ich ihm gerne später. Ich erhob mich von meinem Stuhl und setzte mich breitlinks auf sein Schoß. Ich wuschelte in sein Haar herum, während ich ihm küsste. Ich öffnete sein Hemd, Knopf für Knopf, um sein Oberkörper freizulegen. Diesmal hatte ich das Kommando übernommen. Schnell zog ich mein Top aus, um ihn auch etwas Spielfläche zu bieten. Ich küsste jeden erdenklichen Zentimeter und landete wieder bei seinem bezaubernden Mund. Er trug mich zur Coach, denn das Schlafzimmer war zu weit weg. Wir zogen uns gegenseitig die Hosen aus und die Erkundungstour startete von Neuem. Auf einmal ging er weg und lässt mich auf dem Sofa blindlings liegen. Vor Staunen, dachte ich erst, ich würde vom Sofa plumpsen. Er verschwand in der Schlafstube, wenn ich es richtig einordnen konnte. Als er wieder kam, war das Glitzern in den Augen erschienen, obwohl es diesmal etwas anders war. Es wirkte nicht verschmitzt, sondern wie eine Raubkatze auf Beutejagd. Er deutete an, dass ich aufstehen soll. Als ich stand, kam er zu mir, hielt mir die Augen zu und führte mich zur Schlafstube. Es war wunderschön. Er hatte feinste Satinbettwäsche ausgewählt, Rosenblüten verteilt, kleine Kerzen aufgestellt und einen kleinen kühl gestellten Champagner mit zwei Gläsern. Er legte mich aufs Bett und ich wollte ihm küssen, was er in den Moment, aber unterbunden hatte. Er füllte uns etwas in die Gläser und wir stoßen an. Es sollte langsam eine erotische

Stimmung aufkommen und dann erst der bezaubernde Sex stattfinden. Ich schaffte es nicht mein Glas auszutrinken und fiel über ihn her. Doch er verweigerte und deutete darauf, dass ich warten soll. Er nahm eine Krawatte und legte sie mir um die Augen. Zwei Sekunden später stand ich im Dunklen. Er wollte, das ich mich nur auf meine Erregung konzentriere und mich der hingab. Es war nicht allzu schwer dieser Anforderung nachzukommen. Mein keuchen konnte ich sowieso nicht unterdrücken. Er suchte sich wieder kurzerhand einen Weg, um mich zu beglücken. Erst war er zaghafter, vielleicht wusste er nicht, ob ich an dieser Stelle doch noch abbrechen würde. Ich suchte aber nach ihm, um ihn ganz nah an mich ran zuziehen. Er wusste genau, welche Knöpfe zu drücken waren, um mich um den Verstand zu bringen. Der Abend war seit langem wieder der schönste. Ich fühlte mich wieder frei und ohne Ängste. Egal was er gemacht hatte oder was er dafür benötigte, er sollte es bekommen. Dass ich diese Freiheit wieder hatte, habe ich allein ihm zu verdanken. Konnte nicht jeder Tag so unbeschwerlich sein, wie dieser Abend?

Am Morgen verzichtete ich auf meine Rituale, ich wollte endlich reden und einige Dinge hinterfragen.

„Danke Schatz, jetzt weiß ich erst so richtig wie sehr ich dich liebe. Ich denke du hast meine Gedankenzüge bemerkt. Würdest du mir meine Fragen beantworten."

„Nachdem du das mit George durchmachen musstest, und ich sowieso zu offensichtlich meine Identität preisgegeben habe, werde ich ein paar Sachen erzählen. Es reicht aus um die Anfänge nachvollziehen zu können."

Er musste trotzdem eine kleine Pause einlegen, wo ich erst zweifelte, ob er es nun wirklich verriet.

„Ich übe die schwarze Magie aus und bin somit ein Magier. Ja ich habe dich an mich gebunden mit einem Zauber. Es ist aber nicht gegen deinen Willen. Ich kann Türen ohne weiteres öffnen, Gedankenlesen, Menschen verfluchen, deine Notlage erkennen und vieles, vieles mehr. Ich hätte früher eingreifen sollen, aber ich haderte innerlich mit mir selbst. Ich wollte kein großes Aufsehen erregen. Letztendlich ging es viel zu weit und ich hatte den Entschluss getroffen, dir zu helfen."

„Du hast mich gerettet, da ist der Zeitpunkt fast schon egal. Es ist mir so ziemlich egal was du bist, denn ich weiß wie wichtig du für mich bist. Nur weil ich deine Identität jetzt kenne, werde ich dich nicht verlassen."

„Das sagst du noch. Wer weiß was passiert, wenn du mehr über mich erfährst?"

„Das sehe ich anders. Es kam mir bisher schon so vor, als wenn wir ein normales Paar wären. Ich war ja nicht mal mehr daran interessiert zu wissen, was du bist."

Es war schön endlich zu wissen was er war. Einfach schon deswegen um seine Handlungen und Fähigkeiten nachvollziehen zu können. Ich kuschelte mich an ihm und suchte den Schutz. Er legte mir den Arm um die Schultern und flüsterte mir etwas zu.

„Ich werde dich immer beschützen."

Die Worte saßen tief, denn er wusste immer genau was ich brauchte. Er redete nicht stundenlang um den heißen Brei, manchmal reichte auch nur ein Blick. Er analysierte mich und fragte gleich präzise nach. Das war sogar die beste Herangehensweise, denn so konnte ich mich nicht darauf vorbereiten und konnte nichts vertuschen. Sonst hätte ich öfters mal versucht etwas zu verbergen oder zu überspielen. Ihm viel alles gleich auf, was aber auch manchmal etwas nervte. Ich wollte schöne Dessous kaufen, um die Nächte etwas zu verschönern, aber als er wusste, welches ich mir kaufen wollte, verging mir der Spaß. Vielleicht sollte ich mal mit Sarah losziehen, dann wäre ich immer noch in Shopping Laune. Aber sie würde nie ohne Philipp kommen, und ob es eine gute Idee wäre die Männer allein zu lassen, wage ich zu bezweifeln. Ich machte es mir immer viel zu kompliziert und hinterfragte zu viel. Andere hätten schon 5 Handlungsschritte erledigt, während ich über den ersten noch diskutiere. Ich fragte ihm trotzdem, was er davon halten würde, mit so einem Treffen. Er meinte, dass ich wohl lieber die andere Seite fragen sollte, weil er ja nie derjenige war, der die Menschen aus dem Weg ging. Ich legte das Telefonat auf den Dienstag fest. Somit hatten wir noch 3 Tage, um alle Varianten durchzusprechen.

Die Shopping Tour

Wie geplant rief ich Sarah am Dienstag an und ahnte bereits im Voraus, dass so ein Treffen nicht zu entkommen war. Sie wollte unbedingt Sousuke kennenlernen und mit mir mal persönlich reden. Ich stimmte zu, denn ich hatte keine plausible Ausrede mehr. Schließlich war ich nicht mehr das dritte Rad am Wagen. Wir hatten uns das Einkaufszentrum in der nächsten Stadt als Treffpunkt ausgemacht. Anschließend wollten wir eine kleine Runde durch den Park machen und bei dem Italiener zu Abend essen. Die Männer hielten sich etwas zurück und gaben uns die Zeit in den Läden, die wir brauchten. Es gab kaum einen Laden, der ausgelassen wurde. Im Vorfeld hatte ich eine Liste geschrieben, wo ich rein wollte. Das waren: Bücherladen, New Yorker, Swarovski, Deichmann, Rossmann und noch ein paar nebensächliche Dinge. Die meisten stimmten mit Sarah überein, aber es waren auch noch weitere auf ihrer Liste. Es war bereits Nachmittag, als wir den anliegenden Park betraten. Es war wie damals, wo es nur mich und Sarah gab, denn wir hatten uns seit langem wieder nur um uns gekümmert. Ich hatte aber so ein Gefühl, das es spätestens beim Essen kippen könnte. Im Park war dieses Wochenende ein kleiner Rummel mit vielen Buden. Bei einem Glückslos gewann ich ein Stofftier. Ich glaube aber zu wissen, das er an meinem Sieg beteiligt gewesen war. Da ich wusste das er meine Gedanken mitbekommt bedankte ich mich nur still bei ihm. Sarah und Philipp wirkten nicht wie ein glückliches Paar, wenn man sie eine Weile beobachtete.

Vielleicht wollte sie deswegen mal raus aus dem Trott. Ehrlich gesagt wusste ich nicht ob ich ihr helfen könnte, denn meine Beziehung ist mit ihrer nicht zu vergleichen. Sarah und ich wollten auf die Toiletten gehen und ließen die Männer am Brunnen auf uns warten. Sie begann ohne Umschweife zu Reden, und beantwortete mir meine Gedanken von vorhin.

„Weißt du, ich lieb ihn zwar irgendwie, aber es ist nicht mehr wie damals. Es wird immer zäher und ich versuche jedes Mal Ausreden zu finden, wieso ich nicht zusammenziehen will. Das macht ihm schon ziemlich sauer. Darum brauchte ich dieses Treffen. Vielleicht können wir ja jeweils von euch ein paar Tipps holen, denn bei euch scheint es ja bestens zu laufen."

Ich bezweifelte, dass Philipp wirklich mit Sousuke redete, aber zumindest hatte Sarah wegen ihrer eigen Probleme, mein Freund nicht großartig beachtet. Ich könnte ihm zwar darum bitten die Beziehung von den beiden aufzubessern, aber ich wollte mich auch nicht zu sehr da einmischen. Vielleicht waren sie wirklich nicht füreinander gemacht und würden durch den Zauber nur unnötig aneinander geklebt sein. Man konnte nun mal nicht alles mit Magie erreichen. Obwohl ich manchmal auch gerne zaubern möchte, aber das steht auf einem anderen Blatt Papier.

„Habt ihr schon über eure Ängste miteinander geredet?"

Ich wusste, dass es ziemlich angeberisch klang, denn ich hatte noch bei Weitem nicht so viel Erfahrung wie sie. Immer wenn ich was reden wollte, kannte er es auch schon und konnte ohne Umschweife handeln.

„Nein, ich denke das würde uns auseinandertreiben. Wenn ich auf mein Inneres höre, wären wir im Moment nur gute Freunde. Ich habe mich verleiten lassen und bin gleich in die Beziehung gestürzt."

Das waren Worte, die ich so von ihr nicht kannte. Normalerweise war sie es die mehr Kraft und Energie in die Beziehung brachte. Dass es diesmal anders war, überraschte mich sehr.

„Ihr solltet es zumindest probieren, denn man merkt eure Unzufriedenheit 3 Meter gegen den Wind. Ich bin kein großer Beziehungsexperte, aber es fällt selbst mir auf. Vielleicht reicht eine Aussprache und eine kleine Pause, um euch neu zu strukturieren."

Als wir zu unseren Männern kamen, gingen wir weiter, um endlich etwas zu essen. Jeder hatte etwas auf der Karte gefunden und bestellte es. Wir hatten ein nettes Gespräch am Tisch, allerdings nur über alltägliche Belange. Jeder vermied das Thema Liebe und Beziehung, denn keiner wollte ins Fettnäpfchen treten. Von mir war es ja nicht anders bekannt gewesen, aber auch die anderen taten es mir gleich. Trotz der Probleme von Sarah war es ein angenehmer Abend, der dringend Wiederholungsbedarf hatte. Am Auto angekommen umarmten und verabschiedeten wir uns. Als ich mit ihm alleine war, wollte ich wissen, ob Philipp das Gespräch gesucht hatte. Meine Befürchtung wurde nur noch mehr bestätigt, denn er hatte nicht ein Wort mit ihm gewechselt. Erst hatte ich den Gedanken, öfters anzurufen um mich zu erkundigen, aber das wäre zu aufdringlich. Ich lies es dabei und ging davon aus, dass Sarah schlau genug ist, mich für weitere Tipps anzurufen. Eigentlich hatte man nie seine vollkommene Ruhe, außer man taucht in eine andere Welt. Darum musste ich unbedingt etwas lesen, um etwas abzuspannen. Er setzte sich lediglich neben mir und streichelte mich. Später redete ich noch etwas mit ihm, denn er kennt die Menschen gut und weiß worauf man achten sollte. Er sah die Beziehung nicht so rosig zwischen den beiden, sie wirkten nicht auf ihm, als ob es was beständiges wäre. Sollte ich sie warnen? Aber ich konnte ihr nicht die Wahrheit sagen, und somit würde sie mir kein Gehör schenken.

Diese Nacht wurde ich etwas unsanft geweckt. Mein Telefon klingelte schon zum zweiten Mal. Ich schaute auf und sah die Nummer von Sarah. Was war bloß passiert, dass sie mitten in der Nacht anrief? Als ich den Anruf entgegennahm, musste ich den Hörer etwas vom Ohr weghalten. Sie weinte so laut, dass man es immer noch verstand, auch wenn das Telefon neben einem lag. Ich versuchte mich langsam anzutasten, und wollte in Erfahrung bringen, was denn passiert war. Sie erklärte mir, dass sie auf der Rückfahrt mit Philipp geredet hatte, über ihre Ängste und Befürchtungen. Es kam zu einem Streit und Philipp hatte einmal nicht aufgepasst und einen Unfall begangen. Nun sitzt sie im Krankenhaus und wartet auf dem Arzt, der ihr etwas sagt. Er hatte wohl nur den Arm gebrochen, aber man kann ja nie wissen. Sie sagte mir auch, dass sie durch diesen Schock ihm verlieren zu können, die Augen geöffnet hatte. Sie liebte ihm mehr als sie es sich erträumt hätte. Nur war sie bisher noch nie so weit gewesen, mit jemanden zusammen zuziehen. Sie wollte es einfach langsam angehen. Aber nun war sie sich ihrer Sache sicher. Ich beruhigte sie etwas, sodass sie nicht mehr weinte, und versprach ihr, das ich mich umziehe und zu ihr fahre. Sousuke lag neben mir und bekam alles mit. Noch während ich sprach, sah ich aus dem Augenwinkel, wie er mir zunickte und damit einverstanden war. Das Krankenhaus war nur ein paar Minuten von mir entfernt, somit brauchte ich nicht allzu lange fahren. Ich fragte am Empfang, wo sie war und ging den beschrieben Gang runter. Von weitem sah ich eine Frau sitzen, aber konnte mir nicht vorstellen das es Sarah war. Sie sah so mitgenommen aus und die Kleidung war dreckig, weil sie wohl auf dem Boden gesessen hatte, um Philipp zu helfen.

„Sarah hier bin ich. Danke für deine Geduld, schneller ging es leider nicht."

Sie wollte nicht reden und das war auch nicht nötig, denn ich wusste bereits alles, was es zu sagen gab. Ich setzte mich neben ihr und nahm sie in den Arm, um ihr etwas Halt zu bieten. Der Arzt kam zu ihr und wollte sie zu ihm bringen. Er wurde soweit zusammengeflickt und wollte mit ihr reden. Ich lies ihre Hand los und wollte sitzen bleiben, aber sie fragte bereits den Arzt ob es in Ordnung wäre, wenn ich mitkomme. Das sollte Philipp entscheiden und zur Not mich rausschmeißen, aber so wie ich ihm kannte, war er beruhigt, wenn sie mich hatte und nicht mehr so aufgelöst war. Knapp waren wir im Zimmer, da rannte sie bereits zu ihm und umarmte ihn. Sie plapperte sofort los, obwohl man genau hinhören musste. Das Schluchzen machte ihre Sprache etwas verwaschen.

„Es tut mir alles so Leid. Ich hatte riesige Angst um dich. Verzeihst du mir noch mal. Ich wäre auch für alles bereit, ich war mir meiner Gefühle für dich noch nie so klar gewesen, wie jetzt."

Er war in meiner Gegenwart nie ein redseliger Mensch und ich hatte auch kaum Regungen in seinem Gesicht gesehen. Aber ich musste ihm ja auch nicht lieben. Durch

Sousuke habe ich gelernt kleinste Details wahr zunehmen, und ich bemerkte kleine Tränen, die sich in seinen Augen gebildet hatten. Er nahm sie in den Arm und küsste sie auf den Kopf. Er hatte ihr wohl etwas ins Ohr geflüstert, denn sie fing an zu lächeln und küsste ihm erneut. Egal, was es war, sie freute sich darüber. Das Auto von ihr war in der Werkstatt, deswegen beteuerte ich ihm sie sicher nach Hause zu bringen. Als sie bei ihrer Wohnung war, kam sie noch einmal auf mich zu, umarmte mich, bedankte sich bei mir und sagte, dass sie es wieder gut machen würde. Ich wollte aber kein Geschenk oder eine Party. Wenn sie glücklich war in ihrer Beziehung, war es für mich schon ausreichend. Ich fuhr langsam nach Hause und suchte einen geeigneten Parkplatz für mich. In der Wohnung angekommen kuschelte ich mich in die wartenden Arme von Sousuke. Da heute Sonntag war, konnte ich Sarah ins Krankenhaus fahren, damit sie ihm besuchen konnte. Ich blieb aber draußen im Warteraum und wollte nicht wieder stören. Wenn es so weitergeht könnte Philipp am Mittwoch nach Hause. Der Tag war hart, denn die Unterbrechung in der Nacht hängte mir nach. Auf der Couch schlief ich gleich ein, er brachte mich ins Bett und lag neben mir. Manchmal fragte ich mich, was er die ganze Nacht so anstellte.

Die schwarze Katze

Am Montag war ich bei Frank und erklärte ihm, dass ich für die Stelle nicht so geeignet war. Zu meiner Überraschung hatte er keine Einwände. Im Gegenteil, seine Worte haben mich noch mehr verwirrt.

„Ich bin froh, dass Sie weiterhin bei uns bleiben, und nicht gekündigt haben, so wie ihre Vorgängerinnen."

Wusste er was George mir angetan hatte? War es allen anderen also auch so ergangen? War seine Ablehnung gegenüber mir also immer nur ein Schutz gewesen, um nicht in die Finger von George zu geraten? Meine Absicht hier zu bleiben lag auch nicht am Unternehmen, sondern lediglich an meinen Kollegen. Der Arbeitstag verlief ohne weitere Zwischenfälle. Zu Hause allerdings fiel mir eine kleine Katze auf, die da umherschwirrte. Sie war pechschwarz und hatte neongrüne Augen. Es sah nicht so aus, als ob sie einen Besitzer hätte. So weit ich es sehen konnte, besaß sie kein Halsband. Zudem wirkte sie etwas schüchtern und nicht so, als würde sie den Umgang mit Menschen kennen. Ich ging trotzdem zu ihr und streichelte sie, doch Sousukes Blick brannte mir im Nacken.

„Lass dieses Ding gefälligst in Ruhe."

Ich war entsetzt, dass er die Katze als Ding bezeichnete. Eigentlich wollte ich mir noch ein Haustier zulegen, aber das konnte ich wohl vergessen. Als ich später den Müll rausbrachte, war die Katze erneut bei den Autos zu sehen. Ich nahm sie in den Arm und schmuggelte sie mit rauf in die Wohnung. Mein Verhalten hatte er gleich bemerkt und sein Blick war eisig.

„Was soll das jetzt?"

„Was ist denn bloß los mit dir. Ich möchte das Kätzchen doch bloß helfen. Es sieht so hungrig aus. Morgen gebe ich es im Tierheim ab."

„Das kannst du auch jetzt schon erledigen, sonst bleibt sie gleich draußen."

Anstatt zum Tierheim zu fahren, machte ich ein kleines Nest im Auto, damit die kleine es gemütlich hatte. Ich wollte erst mal herausfinden, wieso er so gegen ihr war.

„Was sollte das eben werden Sousuke?"

„Du hast dieses Biest immer noch hier stimmt's?"

„Sie ist im Auto und Morgen früh bringe ich sie weg, wie schon gesagt."

„Das ist leider keine kleine niedliche Stubenkatze. Aber das wirst du wohl gleich selbst herausfinden."

Ich dachte er sagte es nur, damit ich endlich die Katze loswerde. Aber es war wieder ein zu schneller Entschluss, den ich getroffen hatte. Als ich in den Flur trat, fing ich an zu schreien. Ein schwarz gekleideter Mann stand in unserer Wohnung und jagte mir Angst ein. Sousuke war gleich neben mir und begrüßte den Mann.

„Hallo Karlo."

Ich schaute ihm an und war total sprachlos. Er wusste wer der Typ war?

„Darf ich vorstellen, das war die Katze."

Ich verstand rein gar nichts mehr und begann den Boden unter den Füßen zu verlieren. Er hatte mich sofort auf ein Stuhl gesetzt und war an meiner Seite. Er hatte also nichts gegen Tiere, sondern nur gegen DIESE Katze.

„Du hast es dir ziemlich gemütlich gemacht. Dein neuer Name ist also Sousuke? Es freut mich, dass du jemanden gefunden hast, der dir gefällt, aber wieso ausgerechnet eine Sterbliche. Zudem bist du sehr unauffällig geworden."

„Danke für die netten Hinweise. Ich bin mir dessen bewusst. Aber nun könntest du wieder gehen. Du schadest ihr."

„Oh wie schade. Aber dann würdest du wieder zu uns zurückkehren. Für mich ist es nur ein Gewinn."

In ihm tobte es und er fing an zu knurren. Ich nahm seine Hände und schaute ihn besorgt an. Er ignorierte mein Versuch und lies Karlo nicht aus den Augen. Es war wieder einmal meine Schuld, dass wir in dieser Lage waren. Ich hätte der Katze keine Aufmerksamkeit schenken dürfen, und alles wäre gut gewesen.

„Lass die Finger von ihr, sie gehört zu mir. Ich werde die Regeln des Rates wieder nachgehen, solange sie unter dem Schutz von uns steht. Ohne diese Gewährleistung seht ihr mich nie wieder."

„Ich werde es Marlow ausrichten, vielen Dank für dieses reizende Gespräch. Danke das ich dein Leckerbissen sehen durfte."

So plötzlich wie Karlo da war, war er auch verschwunden. Ich glaube noch länger und er wäre ihm an die Gurgel gegangen. So wütend und eisig kannte ich ihm nicht. Jetzt merkte ich zum ersten Mal seine dunkle Präsenz ganz eindeutig. Ich sollte meine Augen schließen und ich befolgte der Anweisung. Als ich sie wieder öffnen durfte, waren wir auf einer kleinen Insel.

„Hier kann uns Karlo nicht finden. In diesem Gebiet hat der Rat keinen Einfluss."

„Was war das eben?"

„Jeder Magier kann sich in ein Tier verwandelt. Er war diese Katze, aber das ist ja total nebensächlich. Dem Rat unterstehen alle Magier. Dort gibt es Regeln, wenn die nicht nachgegangen oder gebrochen werden, hat das starke Konsequenzen. Ich bin etwas ruhiger getreten, durch unsere Beziehung falle ich wieder auf. Es ist eher untypisch ein Mensch als Partner zu wählen, weil mein seine Identität preis gibt. Das gefällt ihnen eben nicht. Wenn ich austrete, verletzen sie dich. Durch meine Wut würde ich rückfällig werden, und auch wieder bei denen sein. Also gewinnen sie immer, egal welcher Weg."

„Ich füge dir nur Leid zu. Du wärst anscheinend ohne mich besser dran."

„Ich will diese Worte nicht noch einmal hören. Hast du verstanden?"

Ich nickte nur und nahm seine Hand in meine. Wir blieben die Nacht auf der Insel und er brachte uns rechtzeitig zur Arbeit, wieder nach Hause. Die Begegnung wollte nicht aus meinem Kopf verschwinden. Und ich hatte in mehreren Situationen Schuld daran, dass er leiden musste. Ich zog ihm mit meiner Anwesenheit runter. Vielleicht sollte ich einfach verschwinden, was aber genauso schwachsinnig war. Wir waren miteinander verbunden, er würde mich überall wiederfinden. Wenn er den Rat wieder beitrat, war er dann ein Monster, wie in den Legenden?

Eine unheimliche Einladung

Es ist Mittwoch Morgen und noch keine neuen Nachrichten von Karlo. Dafür hatte ich Sarah versprochen sie abzuholen und Philipp aus dem Krankenhaus zu holen. Die Arbeit hatte im Moment nichts aufregendes zu bieten und flog förmlich an mir vorbei. Philipp bat mich die eine Tasche aus deren Wohnung mitzubringen und einen Strauß Rosen zu kaufen. Noch ahnte keiner seine Absichten. Die Blumen konnte ich zum Teil noch nachvollziehen, aber wieso benötigt er eine Tasche so dringend, wenn er doch heute nach Hause kommt. Sie bekam nicht einmal mit, dass ich die Tasche einpackte. Alles um sie herum schien an ihr vorbei zu sausen, denn die Freude war groß, das ihr Partner entlassen wird. Wir mussten beim Empfang erst nachfragen wo sein Zimmer ist, denn er wurde zwischendurch auf eine andere Station verlegt. Als wir ankamen freute er sich riesig und wollte sie unbedingt umarmen. Danach verlangte er die Tasche und bat uns, einen Augenblick draußen zu warten. Wir schauten uns an und hatten beide den gleichen fragenden Blick, doch wir gingen raus. Als er fertig war, rief er uns wieder hinein. Er kniete, mit einer kleinen schwarzen Schachtel und den Rosen, vor dem Bett und wartete, bis sie nah genug bei ihm war. Auf der Schachtel war in silberner Schrift etwas eingraviert. Ich stand zu weit weg, aber ich meinte zu lesen Marry me. Sarah stand direkt vor ihm und in ihren Augen sammelten sich kleine Freudentränen. Er fragte ihr die Frage aller Fragen und klappte die Schachtel auf. Es war ein wunderschöner silberner Ring. Er hatte kleine Strasssteine und wirkte ziemlich zerbrechlich, weshalb ich mich nicht getraut hätte, ihm anzufassen. Sarah sprang vor Freude und die Tränen liefen ihr übers Gesicht. Sie sagte selbstverständlich ja und dann gab es einen ausgiebigen Kuss. Ich fühlte mich ein paar Monate zurückversetzt und wollte am liebsten weit weg von diesem glücklichen Paar sein. Nichts war schlimmer als dieser Augenblick. Lieber eine Woche krank sein, als sie dabei zu beobachten, wie sie Süßholz raspeln. Philipp bemerkte mein Unbehagen und erklärte, warum er es bei mein Beisein getan hatte. Er wollte unbedingt das ich zu der Hochzeit komme und eine wichtige Rolle spiele. Seine Aussage war, ich hätte die Beziehung gerettet und immer zu ihnen gestanden und auch den nötigen Rückzug gewährleistet, sodass es nur fair ist, wenn ich die erste bin, die es erfährt. Ich war gerührt, denn zum ersten Mal sprach er aus was er dachte und zeigte Emotionen. Ich willigte ein und war gespannt, wann sie es veranstalten würden. Ich hoffte nur inständig das mir bis dahin nichts passieren würde, denn Marlow saß uns weiterhin im Nacken. Ich fuhr die beiden glücklichen, die die gesamte Rückfahrt keinen Finger voneinander lassen konnten, nach Hause. Als ich selber zu Hause ankam, herrschte eine seltsame Stimmung. Sousuke war sehr verkrampft und hielt einen Brief in der Hand. So hatte ich ihm bisher noch nie zu Gesicht bekommen. Ich wollte nachlesen worum es geht, aber er scheint nicht einmal meine Anwesenheit bemerkt zu haben, denn als ich ihm an der Schulter berührte, zuckte er zusammen. Er gab mir wiederwillig den Brief, damit ich es lesen konnte. Der Brief wirkte sehr alt. Das Papier war bräunlich und an den Rändern leicht angekokelt. Als ich den Brief in meinen Händen hatte, bemerkte ich unterschwellig die Magie, die mit ihm ausging. Ich hätte meinen Hintern darauf verwettet, das dieser Brief etwas mit Marlow zu tun hat. Langsam faltete ich das zerbrechliche Papier auseinander, um die Zeilen lesen zu können.

Einladung zur Ratsversammlung
Sousuke wir erwarten dich auf der nächsten Ratsversammlung. Dort wird über deine Taten diskutiert und die jeweiligen Strafen beschlossen. Du kannst jederzeit bei uns wieder eintreten, um den Strafen zu entkommen. Eine Ablehnung oder fernbleiben wird nicht gestattet.
Bring bitte deine Menschin mit.
Sei pünktlich. Marlow.

Es klang alles andere als eine nette Einladung. Die Schrift wirkte nicht von diesem Zeitalter. Ich fragte mich unweigerlich, wie alt er sein möge. Da er der Chef ist und Sousuke bereits 300 Jahre im Geschäft war, dann ist er bestimmt schon ein Jahrtausend dabei. Ich versuchte die Zweideutigkeit der Zeilen zu erkunden. Mit Menschin war höchstwahrscheinlich ich gemeint. Es hatte zumindest den Anschein, dass wir nicht voneinander getrennt werden. Es bereitete mir zwar Magenschmerzen dort hinzugehen, aber ich hatte mich für diesen Weg mit ihm entschieden. Bisher hatte ich Probleme und brauchte seine Hilfe, jetzt wird es Zeit ihm zu helfen.

„Wann ist es?"

„Diesen Samstag."

„Wirst du den Anforderungen folge leisten?"

„Ich hätte standhaft bleiben sollen, dann wär ich weiterhin unabhängig von diesen Saftladen."

„Du meinst, das es besser wäre, wenn wir uns nie begegnet wären."

„Na ja nicht so ganz. Ich liebe dich sehr, aber dadurch hab ich mich wieder erkenntlich gemacht für den Rat."

„Was ist denn damals vorgefallen, das es zu diesem Zustand gekommen ist?"

„Ich bin halt nicht immer deren Meinung, ok? Die Hintergründe dafür sind nebensächlich."

Er redete seitdem nicht mehr viel. Anscheinend hatte ich einen wunden Punkt getroffen. Es tat mir leid, aber er wird nicht immer davonlaufen können. Es interessierte mich sehr, und es stand auch irgendwie zwischen uns. Er hatte die Befürchtung, dass er zaubern müsste und somit mehr Energie bräuchte. Deshalb aß ich noch mehr als zuvor. Außerdem bat ich ihm auch etwas zu essen, denn als er beim Treffen mit Sarah aus Tarnung mitaß, ging es mir danach besser. Vielleicht war es eine gute Möglichkeit, um unsere Zukunft einfacher zu gestalten. Dann würde es ihm auch nicht mehr so schwer fallen, wenn er doch mal essen müsste. Er ging meiner Bitte nach und aß jetzt regelmäßiger. Ich wollte nicht das es Samstag wird beziehungsweise es schon geschehen war und somit zu vergessen war. Mein Kribbeln nahm immer mehr zu, je dichter es rückte.

Die Ratsversammlung

Ich machte mir zusehend immer mehr Sorgen. Einerseits wegen Sousuke, da er kaum etwas sagte, andererseits wegen das, was uns erwarten wird. Ich wollte ihm etwas von der Last abnehmen, doch er wies mich immer wieder ab. Es war total rührend, denn er wollte mich schützen, aber es machte mich auch rasend, denn er musste nicht immer den Held spielen. Es war schon ziemlich spät und draußen war bereits alles dunkel, aber es schien der perfekte Zeitpunkt zu sein, um zur Einladung zu gehen. Er nahm mich in den Arm und kurz darauf befanden wir uns in einem anderen Raum. Er war ziemlich groß, hatte eine hohe Decke, und war kaum mit Fenstern ausgestattet. Es sah fast wie eine alte Sporthalle aus, die aber nicht in unsere Zeitepoche gehörte. Alles, was man sehen konnte war ziemlich düster. Die Beleuchtung war ziemlich spärlich, und bestand nur aus Kerzen, die entweder auf dem Tisch standen oder an der Wand mit Kerzenhaltern hingen. Die Einrichtung hatte nur 2 verschiedene Farben schwarz oder dunkles bordeauxrot. An der Wand hing eine Fahne mit einem Pentakel. Die Möbel waren alle ziemlich alt und stammten aus verschiedenen Jahrzehnten. Dieses Zusammenspiel wirkte auf mich ziemlich erdrückend. Die Leute trugen alle dunkle Roben, und hatten die Kapuzen aufgesetzt. Die Gesichter oder deren Mimik zu sehen, gestaltete sich sehr schwer. In diesem Raum waren höchstens 10 weitere Menschen anwesend. Es gab aber noch andere Wege und Zimmer, wo bestimmt noch mehr Leute sich aufhielten. Vielleicht war es denen untersagt an der Versammlung teilzunehmen, oder sie waren noch zu jung. Einen konnte ich gleich zuordnen und einen Namen verpassen: Karlo. Der eine wirkte etwas älter auf mich. Er hatte ein Hut auf, trug ein Monokel und hatte einen gepflegten Bart. Er wirkte auf mich erhabener und ich vermutete das es dieser Marlow sein könnte. Im Augenwinkel nahm ich ein zaghaftes nicken war, was so viel heißen sollte, das meine Vermutung stimmte. Ich war gespannt was uns hier erwarten würde. Ich hatte allerdings eine große bitte. Sousuke sollte nichts passieren. Mein Leben war mir egal, ich wollte nur nicht das er Schwierigkeiten bekommt.

„Herzlich Willkommen. Unsere Ehrengäste sind eben eingetroffen. Nehmt bitte platz. Ich werde nun die Sitzung eröffnen."

Es war Marlow, der sprach und es wurde schlagartig still im Raum. Alle gehorchten und setzten sich an die lange Tafel. Auch wir setzten uns hin, obwohl ich lieber weiter gestanden hätte. Ich hatte das Gefühl im Sitzen angreifbarer zu sein.

„Luca dürfte euch noch etwas sagen, und seine Menschin Klara. Eins müsst ihr im Voraus noch wissen. Sein neuer Name lautet Sousuke. Es geht heute hauptsächlich darum, ihm wieder für uns anzuwerben, denn seine Aktivitäten sind ziemlich gering. Ich würde mich freuen dich hier wieder begrüßen zu dürfen."

Sousuke stand auf, um seine Antwort auszusprechen.

„Danke für deine freundliche Einladung und Begrüßung des heutigen Abends. Ich bin bereit wieder etwas aktiver zu werden, mit einer Bedingung."

„Das klingt ja prima. Die Bedingung bezieht sich wohl auf Klara, oder?"

„Richtig. Ich bin bereit wieder Leute für dich zu werben und auszubilden. Solange ihr nichts passiert und sie bei mir bleiben kann."

„Ich muss anmerken, das es sogar 2 Wünsche deinerseits sind. Dafür das du die Regeln missachtet hast, sind deine Ansprüche ziemlich hoch."

Ich wollte aufstehen, um auch etwas sagen zu können, denn schließlich reden sie über mich. Wenn ich nicht dabei bin, ist es schon schlimm genug, aber dabei zu sein und nichts machen zu können, ist die Hölle. Er drückte mich aber runter, sodass ich sitzen bleiben musste. Er konnte vielleicht meinen Körper zähmen, aber nicht meine Stimme.

„Darf ich vielleicht auch etwas sagen?"

Ich merkte, wie alle Blicke zu mir schnellten und auf mich ruhten. Sie hätten wohl nicht erwartet, dass ich Kontra gebe. Nur weil ich ein „Mensch" bin und die „Magier der schwarzen Kunst", lass ich nicht so über mich bestimmen.

„Aber gerne. Deine Meinung ist uns wichtig."

Ehrlich gesagt kam es mir ziemlich geheuchelt vor, aber ich hatte das Wort zu reden.

„Es ist nicht seine Schuld. Ich habe Nachforschungen betrieben, bin ihm hinterhergegangen, obwohl er mich mehrmals gewarnt hatte. Es wäre unfair ihn zu bestrafen, für Dinge, die ich angezettelt habe. Wenn dann richten sie Ihre Bedenken und Bestrafungen an mich."

Klara was machst du da? Leg dich nicht mit Marlow an. Du kannst nicht einmal zaubern.

Ich reagierte nicht darauf und wartete die Antwort ab. Ich wollte ihn beschützen und endlich für meine Vergehen einstehen. Ihm immer nur zu Last fallen, wollte ich nicht. Jetzt konnte ich zeigen was in mir steckt und ihm helfen.

„So habe ich die Dinge noch nie betrachtet. Es ist schön deine Ansicht gehört zu haben. Ich bin auch zu einem Entschluss gekommen. Wir werden ihm nicht bestrafen. Du darfst bei ihm bleiben und du genießt den Schutz unseren Rates."

Er legte eine kleine Pause ein. Die weiteren Mitglieder blieb der Mund offen stehen und andere knurrten vor entsetzen. Sie verstanden wohl nicht, wie er so leichtfertig mich aufnahm, obwohl ich ein Mensch bin.

„Es gibt da aber eine Sache, die ich anmerken will. Sollte es sich herausstellen, dass du unser nicht würdig bist, dann musst du dich auf der Stelle von ihm entfernen."

„Ich nehme ihre Bedingungen an."

„Ich will sehen, ob du es wert bist, unseren Schutz zu genießen und die Gefährtin von unserm besten Mann sein kannst. Erweist du dich als Auserlesene brauchst du dir keine Sorgen zu machen."

„Nein Marlow. Sie könnte verletzt werden oder sterben. Vielleicht geht ihre Seele zu Grunde. Ich ..."

Diesmal unterbrach ich ihm und wollte eine eigene Entscheidung treffen. Ich hatte es satt, dass immer über meinen Kopf entschieden wird. Meine Stimme war nicht umsonst da, genauso wenig wie mein Gehirn. Ich hatte eigene Ideen und Beweggründe, diese Verhandlung einzugehen.

„Ich bin damit einverstanden."

„Großartig. Gleich nach dem Essen soll es losgehen."

Es wurde einiges aufgetischt. Dafür das sie nicht essen brauchten, ist das ein ziemlich großes Buffet. Sousuke lehnte sich zu mir rüber und flüsterte mit mir.

„Wieso hast du das getan?"

„Es ist die Wahrheit, was ich gesagt habe, und ich möchte dich auch mal beschützen. Du würdest nur unnötig leiden und das will ich nicht. Du sagtest mir doch schon im Voraus sie würden mich quälen, um dich zu reizen. Dann lieber gleich und auf ehrliche Weise."

Sein Gesicht war mit Trauer besetzt, aber er widersprach auch nicht. Ich hoffte er kann meine Beweggründe nachvollziehen. Ich kann und will ohne ihm nicht mehr leben. Egal, was es für eine Prüfung wird, ich werde mein Bestes geben. Nachdem das Essen beendet war, verwandelte sich die Halle in eine Art Arena. Mitten drinnen waren Marlow, Sousuke und ich. Die anderen waren außerhalb und hatten die Möglichkeit uns zuzusehen. Ich fragte mich wieso auch er in der Arena stand, denn ich sollte doch geprüft werden. Letztendlich wollte ich es schnell hinter mir bringen, denn ich wusste nicht wie lange mein Mut und meine Zuversicht noch anhalten würden.

„Ich werde jetzt beginnen. Ich werde dich nicht großartig in das Geschehen einweihen, sonst hättest du die Chance dich darauf vorzubereiten. In extremen Situationen handelt man am ehrlichsten, und darum geht es mir."

Ich rechnete damit Schmerzen zu erleiden, in Tränen auszubrechen oder schreien zu müssen. Komischerweise merkte ich nichts von alledem. Erst wollte ich übermütig werden und ihn fragen wann er anfängt, aber ich verkniff es mir. Vielleicht wollte er einen Augenblick zögern, und dann zuschlagen, wenn ich nicht damit rechnete. Es vergingen vielleicht 2 bis 3 Minuten und es zog sich immer weiter in die Länge. Auf einmal merkte ich eine Bewegung aus dem Augenwinkel. Marlow hatte angefangen mit dem Test. Nur er war anders als erwartet. Er fügte Sousuke Schmerzen zu, sodass er das Gesicht verzog. Da ich seine Mimik bis ins kleinste Detail kannte, bemerkte ich es sofort. Es machte den Anschein, das es starke Schmerzen waren. Ohne weiter nachzudenken stellte ich mich vor ihm und bot ein kleines Schutzschild. Da nun der Zauber unterbrochen war, nahm ich seine Hände in meine und sprach anschließend zu Marlow.

„Lass ihm da raus. Es ist mein Test. Ich will auf keinen Fall, dass er leidet."

„Interessant. Du setzt dich für unser Eins ein und würdest dein Leben riskieren. Zudem würde mich interessieren, wieso du meine Magie abschmettern kannst."

Es war schön mitanzusehen, dass es Sousuke immer besser ging, denn er konnte schon wieder besser atmen. Ich streichelte sein Gesicht und küsste ihm auf die Wange.

Ich liebe dich.

„Bereit für die nächste Runde?"

„Egal was es ist, ich bin bereit. Ich wollte es so, und werde es auch durchstehen."

Ich merkte einen kleinen Stich am Hals und musste automatisch da anfassen. Ich hatte das Gefühl, dass mir etwas fehlte, aber konnte es nicht benennen. Er schaute mich an und ihm stockte der Atem. Er wollte mich anfassen, doch ich wich etwas zurück. Dieses eigenartige Gefühl von damals, wo ich ihm kennengelernt hatte, war wieder da. Ich konnte mich ihm nicht nähern. Es war, als wenn wir nie miteinander irgendwas gehabt hätten. Ich versuchte mit ihm zu sprechen, und erhoffte seine Stimme zu hören, doch mein Kopf blieb leer. Ich wusste jetzt was mir fehlte. Der Stich war wohl, als die Rose entfernt wurde. Unsere Bindung ist aufgehoben. Ich sollte also beweisen das ich ihm so sehr liebte, das mir die dunkle Seite ohne Liebeszauber egal war. Ich wusste, wie viel er für mich getan hatte und wie weit er noch gehen würde, ich konnte ihm nicht verlassen. Mein Herz raste und drohte zu entzweien. Mein Kopf wusste, was wir bereits erlebt hatten, und das ich ihm liebe, aber mein Körper spielte nicht mit. Auch damals hätte ich von alleine nie gewagt, ihm anzufassen, da er aber auf mich zukam war es etwas anderes. Ich wusste nicht was ich tun sollte. Er kam auf mich zu und wollte meine Hand nehmen, aber die eisige Atmosphäre hatte starken Einfluss auf mich. Es war alles so kalt und ohne Herz, das man nicht auf eine angenehme Stimmung versetzt wird. Als ich es hinbekam, ihm in die Augen zu sehen, wurde mir ganz warm ums Herz. Er war ein Künstler der schwarzen Magie, der ein Herz besaß. Das mochte ich so sehr an ihm. Egal was es zu berichten gab, er war genau das Gegenteil. Anstatt ein Monster zu sein, war er besorgt um mein Leben und wollte mich schützen. Ich schloss meine Augen und ging jede einzelne Situation unserer Beziehung durch. Es war ziemlich berauschend und ich war gefesselt in diesem Zustand. Die vielen Küsse, der Sex, die ewigen Rettungsversuche und das obwohl ich nur ein Mensch bin. Er hätte mich ohne viel Aufwand schon lange von sich loswerden können, doch er wollte meine Nähe. Er begehrte mich genauso sehr wie ich ihm. Egal ob Mensch, Monster oder Fabelwesen, ich liebte ihm. Es gibt nicht nur Sommersonnenschein und Urlaub. Jede Beziehung bringt auch schlechte Seiten und Diskussionen mit sich. Meine ganze Energie und Aufmerksamkeit richtete sich auf ihm und ich ging Schritt für Schritt auf ihm zu. Seine dunkle Macht wirte an diesem Ort des Ursprungs noch intensiver. Ich blendete es weiterhin aus und stand jetzt vor ihm. Ich küsste ihm auf die Lippen und war enttäuscht das keine Antwort kam. Er war zu sehr geschockt oder fasziniert, sodass er erst etwas erstarrt da stand. Nach dem zweiten Kuss stimmte er ein und wir konnten für einen Augenblick nicht die Finger voneinander lassen. Als wir uns trennten ging ich zu Marlow. Ich streckte meine Hand aus und wollte das er einschlug. Er hatte einen verwirrten Blick, doch er ging meiner stummen Bitte nach. Er zitterte bei unserem Kontakt, was ich nicht ganz nachvollziehen konnte.

„Danke dir. Ich weiß, dass ich mich immer wieder für Sousuke entscheiden würde, egal ob Zauber oder nicht. Trotzdem möchte ich die Rose wieder haben, einfach als Zeichen unserer Beziehung. Ich denke sie wird weiter aufgehen, je mehr unsere Liebe zueinander wächst."

Ich wartete nicht auf eine Antwort und ging zu meinen Engel wieder zurück. Er nahm mich gleich in seine Arme und ich wollte an keinem anderen Ort sein, als diesem.

„Gratuliere. Du hast mich überzeugt, dass du es Wert bist unseren Schutz zu genießen. Du hast mich sehr überrascht und deswegen werde ich noch etwas großzügiger sein. Sousuke richte bitte deine Zeit selber und flexibel ein, wann du hier bist und als Ausbilder arbeitest. Aber komm bitte mindestens einmal im Monat zu mir, damit ich den Fortschritt kontrollieren kann."

Ich machte einen Freudensprung und kreischte. Ich umarmte ihn und wollte nur noch feiern. In diesem Moment sackten meine Beine zusammen und er konnte mich gerade noch im letzten Moment auffangen. Jetzt wirkte der Stress auf mich ein und ich brauchte eine Couch unter mir.

„Danke Marlow. Ich weiß es sehr zu schätzen. Danke auch dir mein Schatz. Ohne deinem Mut, wäre es nicht so gekommen. Ich möchte uns jetzt entschuldigen. Sie ist sehr stark, vor allem mental, aber sie ist dennoch ein Mensch und braucht Ruhe."

Wir verließen diesen Ort und landeten bei uns zu Hause. Er ließ mir ein Bad ein und legte mich anschließend sanft aufs Bett. Er streichelte meinen Kopf, küsste ab und zu meine Haare und ich glitt in den Schlaf über. Der Traum war der reinste Horror. Ich hatte die Szenen wieder und wieder vor Augen. Sie hatten nur nie ein gutes Ende. Ich schreckte hoch und stellte fest, dass ich schrie. Sousuke wich mir nicht von der Seite und schaffte es nach einer Weile mich zu beruhigen.

Hochzeitsvorbereitungen

Die Ratssitzung liegt jetzt eine Woche hinter uns. Marlow hatte den Vertrag zwischen uns wieder hergestellt und somit war die Rose an meinem Hals wieder ersichtlich. Durch diesen Beweis der Liebe ist die Knospe auch etwas weiter aufgegangen. Am nächsten Abend hatten wir uns zusammengesetzt und überlegt wie wir das alles strukturieren wollten. Es Muss der menschliche Alltag, unsere Beziehung, eventuelle Treffen mit meinen Eltern oder Sarah und sein Trubel als Magier unter einem Dach gepackt werden. Da er eh nicht schlafen muss, will er alles, was das als Magier betrifft, in der Nacht erledigen. Es müsste ausreichen, wenn es ein bis zweimal die Woche passiert. Das bietet genug Zeit, um seine Aufgaben nachzukommen. Dieses Wochenende steht ein etwas sonderbarer Termin im Kalender. Sarah hatte uns (hauptsächlich mich) gebeten bei ihrer Planung, für die Hochzeit zu helfen. Es war eine willkommene Ablenkung, zu den ganzen Problemen, die dafür sorgten, dass mein Kopf noch platzte. Es war ihr so wichtig, dass ich mitkam, weil sie meine Meinung bezüglich Deko, Location, Essen und alles andere was man für eine Hochzeit braucht, hören wollte. Ich nahm ihm trotzdem mit, denn ich wollte nicht mehr von ihm getrennt sein. Ich hoffte nur, dass ich ihr eine gute Hilfe bei der Auswahl sein kann. Ich wusste genau was ich wollte, nur war das nicht unbedingt im normalen Bereich zu finden. Meine Geschmacksrichtung widmete sich eher dem Vintage und eventuell etwas düsterem, fast schon gothik. Es hatte nichts mit den alten Traditionen gemeinsam, was sie sich unbedingt wünschte. Das bedeutete viel weiß, etwas Spitze, Brautstraußwurf, Torte, Hochzeitstanz und auch die Tradition mit etwas Neuem, Gebrauchten, Geliehenes und Blaues. Es gab bereits eine Liste wo jeder eingeteilt war. Gebraucht: ihre Mam, Geliehen: ich, Neues: Philipp, Blaues: ihre Schwester. Ich wusste das sie gerne Schmuck trägt und dachte mir, dass ich es damit ausschmücken könnte.

Als erstes gingen wir zu einer Konditorei, wo sie sich eine Hochzeitstorte aussuchen wollte. Sie wollte nicht, dass Philipp dabei ist, denn es sollte eine Überraschung für ihn werden. Es sollte eine 3-stöckige Torte werden mit einer Figur vom Brautpaar. Die 3 Etagen symbolisieren ihre Geschichte. Am Anfang das Kennenlernen und das intensive Verliebtsein, mit der rosaroten Brille (Erdbeere). Die Mitte stellt die kleine Abkühlung dar, wo es öfters zu Meinungsverschiedenheiten kam (Vanille). Die elementare Schicht, wo auch die Figur drauf steht, ist wieder voller Liebe (Red Velvet). Diesmal ist man sich dessen Gefühl aber bewusst und lebt diese intensiv aus. Zum Glück hatten wir was das Essen anging fast den gleichen Geschmack und somit stimmte ich ihr gleich zu. Danach organisierte sie das Catering. Sie entschied sich für ein leckeres Buffet. Mit dabei waren Kartoffelkroketten, Pommes frites, verschiedene Schnitzelsorten und Gemüsebeilagen. Einen Nachtisch lehnte sie ab, denn es gab ja schon die Torte. Am Abend hatte sie einen Termin für das Hochzeitskleid. Sie probierte viele Kleider an, wo mittlerweile schon die Stilrichtungen wechselten. Allerdings fand sie dort nicht das Kleid, welches zu ihr passen wollte. Immer gab es einen großen Kritikpunkt, der ihr zweifeln ließ, und somit zum verlassen des Ladens führte. Sie googelte, um für den nächsten Tag in einem anderen Atelier einen Termin zu vereinbaren. Es ist schon spät geworden und ich wollte nach Hause, so langsam wurde mir auch kalt. Ich verabschiedete mich von ihr und fuhren jeweils Hause.

Paar Tage später erkundigte ich mich nach den neuen Stand der Dinge. Es ist viel passiert in der Zwischenzeit. Sie hatte bereits ein Kleid gefunden, was jetzt nur etwas angepasst werden musste. Es war eine A-Linie mit leichten Spitzenapplikationen. Was mich überraschte, war ihre Farbauswahl, denn es war mehr beige, als weiß. Sie hatten schon für das Blumenbukett gesorgt und auch den Brautstrauß, plus Anstecker des Mannes, bestellt. Die meisten verarbeiteten Blumen sind entweder rote Rosen oder weiße Callas. Die Farbtöne in der Deko sollten rot, weiß und rosa sein. Sie wünschte sich, dass auch die Gäste mindestens ein Teil in dieser Farbe trugen. Die Eheringe sollten dem Verlobungsring ähneln, doch da war noch nichts bestellt. Sie haben sich für eine freie Trauung entschieden bei dem kleinen Schloss mit See, wo eine kleine Brücke drauf ist. Es eignet sich gut für schöne Bilder. Das Schloss hatten sie gemietet für die Party Location. Somit war auch für schlechtes Wetter eine Location für die Trauung gesichert. Ich hatte meine Bedenken, im Februar draußen zu heiraten, aber na ja. Das Datum der Hochzeit ist nämlich der 14.02. Typisch für ihr, das es ausgerechnet das Datum vom Valentinstag sein sollte. Sie hatte auch schon gefühlt an jedem Finger eine Schwiele bekommen, denn sie schrieb die Einladungskarten mit der Hand. Es war ein zartrosa Papier und es sollte unbedingt eine verschnörkelte Schrift sein.

Sie wollte 40 Gäste einladen. Für mich war es ein Rätsel, wie man so viele Leute kennen und lieb haben kann, sodass sie zum wichtigsten Tag zu einem kommen sollten. Ich brauchte aber nicht mit ihr deswegen zu diskutieren oder nachzufragen, sie zog trotzdem ihr Ding durch, weil es ihr so gefiel. Manchmal war sie ziemlich komisch und auch ich konnte ihre Gedankengänge nicht nachvollziehen, aber dennoch passt es wieder, sodass wir es schon 7 Jahren miteinander aushalten. Bald würden wir ein Jubiläum feiern. Für ihre Hochzeit fehlte nur noch ein Fotograph. Zumindest war es die einzige Aufgabe, die ich auch noch erledigen konnte, ohne große Fehler zu begehen. Daraufhin hatte ich ihr versprochen mich im Internet schlau zu machen. Wenn alles passen sollte, durfte ich denjenigen auch anheuern. Es war ihr wichtig, dass der Fotograf von Anfang bis zum Ende da bleibt und nicht nur für die Trauung und die anschließenden Gruppenbilder. Es sollte von allem tolle Bilder geben, woran man sich später wieder erinnern kann, wie toll der Abend doch war. Mittlerweile hatte ich eine Idee im Kopf für das Geliehene. Da sie auch viel mit ihren Haaren experimentiert und sie diese als Hochsteckfrisur haben möchte, würde ein Haarreif oder Curly gut dazu passen. Es gab aber noch andere Besorgungen die gemacht werden müssen, denn es startet demnächst eine Halloweenparty. Ich wusste nicht genau ob die beiden auch dort hingehen würden, denn sie ängstigt sich schnell. Ich hatte sie mit eingeladen, aber ich müsste mich gedulden und überraschen lassen.

Die Halloween-Party

Es war endlich mal Zeit zum Entspannen angesagt. Diesmal fällt Halloween glücklicherweise auf einen Samstag, somit kann ich nach Jahren wieder an einer Party teilnehmen. Auch wenn ich sonst sowas meide, bei gruseligen Sachen war ich mitten drin. Meistens gab es ein Thema für die Veranstaltungen und dieses Jahr war es, so wie es der Zufall es will, alles rund um Magier. Wie üblich war die Turnhalle in der Stadtmitte dafür vorgesehen. Da sie bekannt war, viele Parkplätze anbot und für jeden einen gleichen Anfahrtsweg bot, lockten sie Jahr für Jahr viele Gäste an. Eigentlich brauchte es immer gutes Wetter, denn alle Leute würden niemals dort reinpassen und schon gar nicht mit der ganzen Deko. Oft gingen die Gäste nach draußen, um sich zu unterhalten oder es waren Raucher. Ein paar Ideen für mein Kostüm hatte ich bereits, es müsste nur noch alles bestellt werden. Viel wichtiger fand ich die Frage, wie er aussehen wird. Es zermarterte mir den Kopf, denn dieses Bild wollte sich nicht in meinem inneren Auge ersichtlich machen. Es fehlte mir irgendwie die Fantasie dafür. Wie immer bemerkte er meinen Frust und gab nicht nach. Ich solle mich gedulden und den Tag ran kommen lassen. Es war so gemein, denn er wusste bereits was ihn erwarten würde. Irgendwann kam ich zu dem Entschluss, dass es eigentlich auch egal ist, denn er konnte alles anziehen was er wollte, es stand ihm immer ausgezeichnet. Selbst ein alter Sack mit Löchern, wo die Arme, Beine und der Kopf rausguckten, würde ihm kleiden. Natürlich gefiel er mir aber ohne jegliche Kleidung am besten. Nichts konnte seinen Körper so in Szene bringen wie er nun einmal war.

Nach einer Woche permanenten umhersuchen, hatte ich alles gefunden und auch schon zu Hause. Nun stand die große Anprobe zuvor. Ich hoffte inständig, dass alles passte, auch farblich, denn ich hasste es die Pakete wieder zurückzusenden und ewig zu warten, bis das neue geliefert wird. Es bestand aus einen schönen Hut, Stiefeletten und das Kleid. Ich hatte auch schon eine perfekte Idee für die Haare und das Make-up. Im Vorfeld hatte ich ihm bereits gefragt ob er mir bei meiner Frisur unterstützt. Meine Vorfreude wuchs mit jeder Sekunde und ich konnte es kaum Abwarten. Als es endlich der Tag der Tage war, wusste ich nicht, was ich zuerst erledigen sollte. Ich beschloss mich anzuziehen, und dann zusehen das meine Haare sitzen. Ich tauchte gefühlsmäßig in seine Welt ein. Mein komplettes Outfit war schwarz und düster. Das Kleid ging mir knapp bis zu den Knien. Am Dekolleté ist es sehr enganliegend und dann breitet es sich bei der Taille etwas auf. Es ist trägerlos und mit einem V-Ausschnitt versehen. Andere Varianten würde ich auch nicht anziehen. Bei der Taille ist ein schmaler Gürtel mit einer silbernen Schnalle. Am Rücken war die Verschnürung zu sehen, denn es hatte eine Corsage mit einbegriffen. Der Hut war nicht wie man es sich üblicherweise vorstellte. Er hatte eine lange gekrümmte Spitze die mir bis zu den Schulterblättern reichte. Dazu trug ich Stiefeletten die kurz unterm Knie aufhörten. Sie besaßen einen großen Hacken und mehrere Schnallen und Verschnürungen. Mein Make-up war recht hell und dunkle Augen. Die Haare wollte ich unbedingt geflochten haben, und er hatte mir diesen Wunsch erfüllt. Als ich komplett fertig war sollte ich mich in die Stube setzen und auf ihm warten. Nun stand er vor mir und küsste mich. Danach durfte ich die Augen öffnen und ihn mir genau angucken. Er war auch komplett in schwarz gekleidet. Das war das einzige, was ich mir schon vorher bewusst war. Eine enge Hose und Lederschuhe. Zudem trug er einen Mantel mit großem Schwalbenschwanz. Die Knöpfe sind silbern und leicht verziert, mit einer Schrift die ich nicht entziffern vermochte. Es waren auch bordeauxrote Ornamente mit eingebunden. Unter dem Mantel schimmerte ein schwarzes Hemd hervor. Alles zusammen wirkte sehr stimmig aufeinander.

„Wow, wo hast du das denn herbekommen?"

„Das hatte ich bereits, also musste ich mir nichts kaufen."

„Doch nicht etwa von einer anderen Halloweenparty?"

„Nein."

Er musste kurz unterbrechen bevor er weiter redete, denn er bekam einen Lachanfall. Ehrlich gesagt fragte ich mich gerade, was daran so lustig sein soll, oder hatte ich irgendeine Szene verpasst. Als er nicht aufhören wollte zu lachen, dämmerte es so langsam in meinem Kopf.

„Das ist dein Gewand als Magier. Das ist ja dieses Jahr das Thema. So langsam komm ich noch dahinter."

„Ja, so sehe ich normalerweise aus, wenn ich immer beim Rat sein würde."

„Wieso siehst du so elegant aus?"

„Gefällt es dir etwa nicht?"

„Nein das will ich damit nicht gesagt haben, aber die anderen damals waren anders. Sie trugen komische Kapuzenmäntel und wirkten eher gruselig und abschreckend. Eigentlich so, wie man sich einen schwarzen

Magier vorstellt, wenn man das von Büchern oder Filmen so kennt."

Heute war ich wohl ein Glückskeks, denn er musste erneut lachen. Es war diesmal noch schlimmer, als das erste Mal, sodass er sich an der Kommode festhalten musste. Ich fand es alles andere als lustig und zog einen Schmollmund. Er sollte aufhören sich über mich lustig zu machen. Würde er mich richtig aufklären, hätte ich nicht solche blöden Fragen gestellt. Als er meine Reaktion bemerkte, versuchte er sich zu beruhigen.

„Stimmt. Die gehören alle dem Rat an und sind dort auch dauerhaft tätig. Das also war deren ihre Robe. Auch Marlow hat keine andere. Ich bin nur höher im Rang und habe somit also eine edlere Variante."

„Höher in welchen Rang? Bist du besser als Marlow?"

„Ich könnte ihn mit Leichtigkeit vom Thron stoßen. Um genau zu sein, bin ich besser als alle Ratsmitglieder. Ich müsste mich nur dem Rat vollkommen verschreiben und wäre im Nu Anführer, aber das wollte ich nie. Trotz des Regelverstoßes hat sich keiner getraut es mit mir aufzunehmen. Durch dich habe ich jetzt einen Schwachpunkt erhalten, den sie gleich ausnutzen."

„Wahnsinn. Ich bin nicht nur mit einem schwarzen Magier zusammen, sondern einen der eigentlich ein Anführer sein könnte. Ich muss erst bis zu einer dämlichen Feier warten, um sowas zu erfahren."

„Wenn ich dir alles gleich erzählen würde, ist es zu viel für dich."

„Und wann weiß ich dann mal alles?"

„Das kann ich dir auch nicht sagen."

Wir legten unser Gespräch erst mal beiseite und suchten die Location auf. Dort war alles bereits dekoriert.

Grüne und rote Lichter drangen aus den kleinen versteckten Scheinwerfern, um etwas Spannung rein zu bekommen. Der Eingang war mit Spinnennetzen ausgekleidet und wenn man dadurch schreitet erklingen gruselige Stimmen. Da die Lichter sehr gedimmt waren und der Eingangsbereich fast ganz dunkel war, bemerkte ich es erst gar nicht, aber ich hatte mich verändert. Besser gesagt nicht ich, sondern etwas an mir hatte sich verändert. Drinnen suchte ich den Raum nach Sarah ab. Mein Versuch blieb aussichtslos, dafür tippte mir jemand von hinten auf die Schulter. Ich erlitt bald einen Herzinfarkt und hätte denjenigen fast aus Reflex eine geklebt, doch ich erkannte gerade noch rechtzeitig wer dieser jemand war. Sarah wollte mich unbedingt überraschen, oder auch ins Grab bringen, mal sehen. Ich freute mich sehr darüber, dass sie auch erschienen waren. Eigentlich hatte ich es nur erhofft und nicht daran geglaubt. Sie sah bezaubernd aus, aber irgendwie zu niedlich, als das es zu Halloween passen könnte. Egal, sie war meiner Einladung gefolgt und das zählt. Ich umarmte sie und wollte sie nicht mehr loslassen.

„Du hast mal wieder die Messlatte ganz schön nach oben gelegt. Wenn man dich so ansieht, würde man denken du bist tatsächlich eine Hexe und das ist kein Kostüm."

Erst jetzt wusste ich worauf sie anspielte. Er hatte mein Outfit so verändert, dass es so aussah wie seins, nur für Frauen. Nun sah es so aus, als wenn wir wirklich ein Magierpaar waren.

„Du bist ja doch hier. Hab nicht wirklich damit gerechnet."

„Dir zu Liebe, aber wenn das richtige Programm anfängt bin ich verschwunden."

„Hm ok, muss ich ja jetzt so akzeptieren. Bist du alleine?"

„Philipp wartet im Auto auf mich. Er hatte keine Lust auf solchen Trubel."

„Dann wollen wir die Stunde noch ausnutzen und genießen, bis du wieder gehst."

Wir machten bei einer kleinen Tombola mit. Es gab kleine Kuscheltiere, die gruselig angezogen waren. Sarah zog eine Niete. Ich dagegen bekam das, was ich wollte. Es gab da ein schwarzes Kätzchen, wo die oberen Eckzähne etwas rausguckten, so wie bei einem Vampir. Sie trug einen Umhang und einen Hexenhut. Danach bekam ich etwas Hunger und wollte unbedingt die Schokogeister verputzen, die es beim nächsten Stand gab. Es gab die in so zahlreichen Sorten und Varianten, sodass ich mich durch sie hindurch probieren musste. Immer wenn Sarah mich ansah, fing sie schon fast zu würgen an. Es war ihr unheimlich, dass man so viel Schokolade essen kann, und dann immer noch nicht satt war. Ich zügelte mich etwas, sonst würde ich vielleicht noch auffallen, sofern sie sich aus dem Staub macht, esse ich noch ne Kleinigkeit. Gesagt getan wir verabschiedeten uns, und das erste, was ich vorhatte, war mir einen Hot Dog zu holen. Er war sehr lecker und man hatte reichlich Röstzwiebeln. Ich hatte ihm gerade aufgegessen, da wollten sie mit dem Programm starten. Es gab einen Magier mit zahlreichen Zaubertricks, der meiner Meinung nach noch nicht allzu lange im Geschäft sein kann, oder ich bin schon zu sehr von der echten Magie geblendet. Die Karten waren sein Hauptgebiet, und er suchte oft Freiwillige. Erst deutete er an, das ich kommen sollte, doch als er mein Kleid sah und Sousuke neben mir, beließ er es dabei und suchte jemand anderes. Er musste also über die Sache informiert sein. Kein normaler Mensch würde auf so einer Feier bezweifeln, das wir keine Kostüme trugen, sondern echte Roben. Die meisten wissen ja nicht mal, das es Magier in Wirklichkeit gibt. Je mehr ich darüber nachdachte, desto mehr verwunderte mich die ganze Szenerie. Eigentlich arbeiten die Zauberer mit Tricks, um sowas schaffen zu können, doch er war fast schon schlecht. Ist er auch ein echter Magier, der hier aufpassen soll, und somit die einfachsten Zaubertricks nicht kennt? Ich wollte mich gerade umdrehen, um nachzufragen, da nahm er schon meine Hand und führte mich von der Bühne weg.

„Was ist los? Kennst du den?"

„Und ob. Es war einer meiner Lehrlinge. Ihm liegt das Zaubern nicht, weder mit Tricks noch mit echter Magie, aber er kann ziemlich aufbrausend sein. Du solltest ihm lieber nicht reizen."

„Ich befürchte das haben wir bereits getan."

„Woran machst du das fest? Er ist doch noch bei seiner Aufführung dabei."

„Na ja ich hab es an seinem Gesichtsausdruck gesehen. Er wollte mich als eine freiwillige Person haben, aber als er das Kleid und dich gesehen hatte, hielt er in der Bewegung inne. Für mich sah es so aus, als wenn er etwas überrascht war."

„Kann ich mir gut vorstellen. Ich lebe bereits seit 50 Jahren im Untergrund. Mich dann wieder zu sehen und dann noch mit einer Frau, das ist für ihn zu viel des Guten. Wir müssen also schneller als gedacht die Party verlassen. Ich kann nicht in der Öffentlichkeit zaubern."

Innerlich protestierte ich. Es gab noch so viel zu sehen und zu erleben, denn es ging bis in die Morgenstunde. Wir waren erst vor gut 2 Stunden hier erschienen. Dennoch wusste ich das es das richtige ist, jetzt zu verschwinden. Ich nahm alles mit und folgte ihm. Als wir ein paar Straßen langgefahren waren und zum Acker kamen, wurde mir etwas unbehaglich.

„Schatz halt bitte an."

„Was ist los?"

„Halt bitte diesen Wagen an, und fahr am Rand. Ich glaube er verfolgt uns. Lieber hier eine Konfrontation, als wenn er weiß wo wir wohnen."

Er hielt ohne Umschweife an und meine Befürchtung bewahrheitete sich. Nach ein paar Minuten des Wartens klopfte es an der Scheibe.

„Hallo Fred, wie kann ich dir weiterhelfen?"

„Schön dich wieder zu sehen. Es ist schon eine Ewigkeit her. Du hast sogar eine nette Begleitung dabei, wie ich sehe."

„Darf ich vorstellen. Das ist Klara."

„Freut mich sehr deine Bekanntschaft zu machen, aber wie kannst du es wagen so irgendwo aufzukreuzen. Ewigkeiten lässt du dich nicht blicken und dann in dieser Robe. Sie steht dir eigentlich nicht zu, denn du hast den Rat verraten."

„Beruhig dich doch. Kein Mensch würde auf so einer Veranstaltung Verdacht schöpfen. Du warst der einzige und auch nur, weil du Hintergrundwissen hast."

„Du bist eine Schande für uns. Wie kannst du nur. Du enttäuscht mich maßlos. Und sowas ist auch noch ein Ausbilder."

Steig aus dem Wagen und versuch dich zu verstecken.

Damit meine Flucht unbemerkt blieb, stieg er auch aus, um Fred gegenüber zu stehen. Meine einzige Versteckmöglichkeit war das Auto selbst. Ich versuchte mich so klein wie möglich zu machen, um unbemerkt zu bleiben. Sehen konnte ich die beiden nicht, denn ich wagte es nicht am Auto vorbei zu linsen. Dennoch konnte ich alles mitverfolgen und deutlich hören, weil sie ziemlich laut miteinander sprachen, als wären sie sehr weit auseinander.

„Du hättest auch wegbleiben können, denn es hat dich keiner vermisst. Ich werde dich wieder dahinschicken, wo du her kommst."

Es dauerte keine Sekunde, bis jemand ohrenbetäubend schrie und mit einem dumpfen Geräusch zu Boden ging. Mein Herz blieb einen Moment stehen, vorauf hin der Puls um das Dreifache anstieg. Ohne lange darüber nachzudenken, ob ich in Gefahr sein könnte, ging ich um das Auto. Ich wollte sichergehen, dass mit Sousuke alles in Ordnung war. Zum Glück war er unversehrt, sowie auch die Kleidung. Wenn man sich ihm anschaut, würde man nicht denken, dass es eine Auseinandersetzung gab. Als ich zufrieden war, mit dem, was ich sah, schaute ich in die Richtung, von wo aus das Geschrei kam. Fred lag auf dem Boden und hatte allen Anschein nach starke Schmerzen. Er krampfte sich und konnte kaum aufhören zu Schreien.

„Was ist denn eben passiert?"

„Er hat versucht mich anzugreifen, aber seine Fähigkeiten und sein Können hat er in der Zeit nicht verbessert. Er ist viel zu langsam, oder sein Zauber geht meilenweit an einem vorbei. Der hätte eher dich getroffen, als mich, obwohl ich vor ihm stand."

„Und was genau hast du gemacht? Hört das auch wieder auf?"

„Wenn ich den Zauber unterbreche, oder rückgängig mache, dann ja. Noch kann er ein bisschen so bleiben. Wer eine große Lippe riskiert, sollte auch einstecken können. Außerdem hätte er wissen müssen, was ihm erwartet. Es ist nicht das erste Duell, was wir beide ausgetragen haben."

ES bereitete ihm irgendwie Freude, Fred so zu sehen. Dieser Anblick mit dem Strahlen in den Augen, bereitete mir Gänsehaut. Bisher hatte ich ihm noch nie so kampflustig erlebt. Eigentlich hatte ich gedacht er würde es ablehnen, und er wäre deswegen aus dem Rat ausgetreten. Es wäre schön, wenn ich auch mal alle Informationen erhalten würde, und nicht immer in Stücken serviert bekomme. Wenn es gerade ne knifflige Situation gibt, erfahre ich nur das Nötigste. Es muss wohl in der Vergangenheit irgendetwas vorgefallen sein, weshalb er mir das alles verschweigt. Ich könnte gemein sein und selber Nachforschungen betreiben, denn ich darf beim Rat auch hingehen, wie mir lieb ist. Diesen Gedanken schluckte ich aber schnell wieder runter, denn wer weiß, was er macht, wenn er es herausfindet. Ich schätze, dass er nicht allzu begeistert davon sein würde. Das Wimmern von Fred holte mich wieder ins hier und jetzt zurück. Der Anblick von ihm machte mich schon etwas missmutig. Ich kannte ihm noch nicht allzu lange und die Begegnung, die wir bisher hatten, war nicht die beste gewesen, aber er hatte sowas nicht verdient. Meine Vermutung war, das er nur neidisch ist. Solche Gefühle können einen blind machen, und man begeht Fehler, die nicht unbedingt rückgängig zu machen sind. Ich tippte Sousuke auf die

Schulter, um ihm zu zeigen, das es reichte. Erst wollte er nicht nachgeben, aber letztendlich ging er meiner Bitte nach. So langsam kam Fred wieder zu Atem und konnte sich bereits hinsetzen.

„Ich hasse dich. Lass deine dreckigen Finger von mir."

Sofern er wieder sprechen konnte, kamen die Beleidigungen nur so geflogen. Eigentlich könnte er sich bedanken, denn mit diesen Glitzern in den Augen und dessen Kraft, hätte er bereits tot sein können. Irgendwie hatte ich das Gefühl, dass es nicht der erste gewesen wäre, den Sousuke dann auf der Liste hätte.

„Sieh zu, dass du wegkommst, sonst belasse ich es nicht auf kleine Zauber. Es sind meine Angelegenheiten, womit du nichts zu schaffen hast. Marlow weiß von meiner Rückkehr bereits und hat alles im Griff. Also geh lieber nach Hause, und stell dich mir, wenn du geübt hast."

Fred war sich seiner Unterlegenheit bewusst und machte sich aus dem Staub. So blitzartig, wie er aufgetaucht war, ist er wieder verschwunden. Anscheinend beherrschte er diesen Zauber exakt, aber wohl als einzigen. Es war noch eine kleine Weile, um zu Hause anzukommen, vielleicht bekomme ich endlich mal ein paar hilfreiche Informationen.

„Aus den Gesprächen heraus, habe ich mitbekommen, dass ihr euch etwas kennt. Was ist damals vorgefallen? Ich möchte endlich mehr darüber erfahren. Du weißt so viel über mich beziehungsweise kennst das menschliche Leben nur allzu gut. Ich dagegen weiß kaum etwas, und wenn dann nur die Bröckchen die du mir notdürftig hinwirfst."

„Es ist auch nicht so einfach dir alles zu erklären. Ich befürchte du wirst es früher erfahren, als mir lieb ist. Solange es aber nicht Not tut, dass du meine ganze Vergangenheit kennst, werde ich nichts daran verändern. Du würdest mich dann vielleicht abstoßen oder nicht nachvollziehen können, warum ich es getan hatte."

„Es war aber alles vor unserer Beziehung. Ich sehe dich als den, den ich kennengelernt habe."

„Mag sein. Es würde dich trotzdem nur zu sehr erschüttert. Zudem bringe ich dich unnötig in Gefahr und das will ich nicht."

„Darf ich dich berichtigen? Ich bin auch ohne jegliches Wissen mehrmals in Gefahr gewesen, oder in Situationen, die mit Zauberei zu tun haben. Es macht also keinen Unterschied."

„Schluss jetzt. Es war mal so ein schöner Abend und dabei würde ich es gerne belassen. Ohne einen triftigen Grund werde ich es dir nicht sagen. Ich bleibe auch dabei."

Die Heimfahrt war ziemlich frostig. Wir haben nicht mehr miteinander gesprochen. Es nagte sehr an mir. Ich würde es auch als kleinen Vertrauensbeweis verstehen, wenn er mir davon erzählt. Ich würde es selbstverständlich für mich behalten, aber so könnte ich einige Zusammenhänge besser verstehen. Es ist blöd immer als unwissende daneben zu stehen, obwohl sie mich teilweise als Schuldige sehen. Er ist ruhiger geworden, weil. Er mischt sich wieder ein, weil. Alles wegen mir und ich werde ins kalte Wasser geschmissen. Noch lasse ich mich damit zufriedenstellen, aber irgendwann werde ich die Antworten auf meine Fragen noch erhalten. Zu Hause räumte ich aus reiner Langeweile die Halloweendekoration weg, um irgendwie beschäftigt zu sein. Es war noch früh am Abend, deswegen verwunderte mich ein Anruf von meiner Mam nicht. Es ging darum, ob wir Interesse haben Heiligabend bei denen zu verbringen. Ich stimmte gleich ein, denn ich wusste das unsere kleine Zwistigkeit bis dahin überwunden ist. Als ich ins Bett ging blieb die andere Seite kalt. Ich nahm an er ist beim Rat. Soll mir recht sein. Es dauerte auch nicht lange, bis ich zum Schlafen überglitt und alles um mich her sich schwarz färbte.

Weihnachten voraus

Alle Signale deuteten darauf, das Weihnachten vor der Tür steht. Die Geschäfte hatten Leckereien und waren ausgeschmückt. Auch unsere Filiale hatte einiges zu bieten. In den großen Flurbereichen stehen künstliche Tannenbäume, die mit bunten Kugeln beschmückt wurden. Darunter lagen ein paar Kartons, die mit schönem Geschenkpapier verkleidet waren, und als Geschenke dienten. In unserm Büro hatten wir einen kleinen Adventskalender angehängt, den wir selber gefüllt hatten. Im Radio liefen die besten und schönsten Lieder, die ich stets mitsingen konnte, ob es an hörbar war, ist mir eigentlich egal. Letztendlich sitzt eh nur mein Partner neben mir, der es zu Hause auch aushalten muss. Am schönsten ist es, wenn man alles essen darf, was man will. Das meiste konnte ich nämlich nicht widerstehen, vor allem nicht frischgebackene Waffeln. Auf Arbeit wurde über eine Weihnachtsfeier nachgedacht. Unsere Namen standen da nicht mit drauf, denn es war das Wochenende bevor wir in den Urlaub gingen. Dort wollten wir alles zusammenpacken, Geschenke einpacken und die Wohnung noch mal reinigen. Man könnte meinen, dass in unseren Haushalt alles schneller zu sich geht, aber ich bremste ihm oft aus. Wenn es nach ihm gehen würde, hätte ich kaum noch Arbeit zu erledigen. Meine Meinung war, es sollten Erinnerungen geschaffen werden, damit der Tag heraussticht und nicht nur ein Tag wie jeder andere auch endet. Somit beschloss ich es wie die Jahre zuvor mit den Händen zu machen. Die Vorfreude war bekanntlich die schönste Freude. Die Tage vorher wollte ich noch ein paar Plätzchen backen. Es war mir immer unangenehm ohne eine Kleinigkeit bei meinen Eltern aufzutauchen. Ich schätze, dass Mam mir das Geburtstagsgeschenk für Januar wieder mitgibt, denn ich komme dafür nicht extra rum. Jetzt erst recht nicht, da noch andere Dinge im privaten Bereich auf mich warten. Im Unterbewusstsein hatte ich oft leichte Zweifel zu denen zu fahren. Was ist wenn uns jemand oder etwas folgt und die dann noch Probleme bekomme, oder sie als Geiseln genommen werden? Er hatte mir sehr oft versichert das sowas nicht passieren würde, aber es beruhigte mich nicht. Es ist lediglich gut in einer der vielen Schubladen versteckt, die selten geöffnet werden. Unsere Idee war es, dass wir vom 22.12. bis zum 27.12. da bleiben. Somit war Weihnachten komplett abgedeckt und wir konnten Silvester dennoch alleine feiern. Sie wollte Traditionsgemäß einen Stollen backen, den es zum Kaffee gibt, und abends einen Kartoffelsalat mit Klopse zubereiten. Nun hieß es, ran ans Geschenke packen. Für meine Mam hatte ich ein kleines Schächtelchen mit Schmuck. Dieses Set hatte sie schon eine ganze Weile bewundert, aber nie gekauft. Immer wenn sie so erzählte, war sie total fasziniert davon. Nun wird es endlich ihr Hals zieren. Mein Dad hatte sich seine Lieblingsserie auf DVD gewünscht, also bekommt er sie auch. Jedes mal aufs Neue verfluche ich diese graziöse Arbeit, aber am Ende bewundere ich sie umso mehr. Es ist schön zu sehen, dass man mit sowas kleinem, jemanden ein Lächeln ins Gesicht gezaubert bekommt. Als es nach mehreren Stunden endlich vollbracht war, wollte ich beginnen die Koffer zu packen. Diese Arbeit war bereits getan, denn die Koffer standen schon voll bepackt an der Wand. Ich war ziemlich überrascht und suchte ihm in der Wohnung, denn ich wollte sichergehen, dass auch alles drin war. Meine Suche fand ein schnelles Ende, denn jemand stand hinter mir und hielt mir die Augen zu. Ich erkannte sofort seine weichen Hände und die zarte Geste und drehte mich rum, sodass ich mit dem Gesicht zu ihm schaute. Sofort gab es einen intensiven Zungenkuss, wo man meinen könnte, wir würden miteinander verschmelzen. Keiner von uns wollte es unterbrechen, also nahm er mich etwas hoch, sodass er die Schenkel um sich schlagen konnte und mich aufs Bett legte. Mittlerweile bin ich auch schon ziemlich schnell geworden, wenn es hieß ihn zu entkleiden. Normalerweise freue ich mich stets darauf, wenn er die Nähe sucht. Heute gehen mir noch so viele andere Gedanken durch den Kopf, das es mir schwer fällt bei der Sache zu bleiben. All das quälte mich innerlich so sehr, sodass sich meine Migräne wieder ziemlich wohl fühlt bei mir. Wie sollte ich ihm das sagen, ohne ihm vorm Kopf zu stoßen? Es sollte sich nicht so anhören, als wenn ich keine Lust hätte. Die hatte ich immer, nur heute nicht die nötige Konzentration dazu. Immer wieder ging ich durch, ob alles im Koffer ist, sind alle Geschenke eingepackt, wann wir losfahren, was noch zu besorgen ist und und und. Ich versuchte mit meinen Händen etwas Distanz aufzubauen.

„Schatz ich kann nicht."

„Was genau meinst du damit?"

„Ich kann einfach nicht entspannen, auch wenn du es bist. Es ist zu viel los in meinem Kopf."

„Es ist doch nichts mehr zu erledigen bis wir morgen früh losfahren. Oder hast du noch etwas vergessen?"

„Nicht das ich wüsste, aber es klappt einfach nicht. Ich steh völlig neben mir."

„Ist in Ordnung."

Ich starrte ihm etwas perplex, wegen seiner Antwort, an. Er sagte nur drei kleine Wörter, aber diese mit einer einzigartigen Präsenz. Es lag ein Hauch Gelächter mit drinnen und das Glitzern erschien in seinen Augen. Ich wusste, dass es nichts gutes bedeuten konnte. Er hat die Worte gehört und den Sinn verstanden, aber er würde nicht so schnell aufgeben. Es wird also hart für mich werden, bei seinen Annäherungsversuchen standhaft zu bleiben. Er hatte sich bereits angezogen, in der Zeit, wo ich nachgedacht hatte, und schaute zu mir rüber. Ohne Vorwarnung stand er direkt vor mir und wollte mich küssen. Wenn ich das zulasse, dann bekommt er mich wieder um den Finger gewickelt. Diesen Triumph wollte ich ihm auf keinen Fall gönnen. Egal, was auch kommen mag, auch wenn die anderen Gedanken sich verflüchtigen sollten, er gewinnt heute nicht. So langsam wurde diese kleine Szene zum Katz und Maus spiel. Ich tat also alles dafür um seinen Liebreizen zu entkommen. Es stachelte ihm sogar noch mehr an, als ich gedacht hätte. Es bereitete ihm so eine Freude zu sehen wie ich litt. Mein Körper sehnte sich nach ihm und wenn er mich doch berühren konnte, weil ich zu langsam war, genoss ich es. Aber letztendlich entzog ich mich wieder, um eine gewisse Distanz herzustellen. Irgendwann war die Luft raus, und wir haben aufgehört rumzualbern und uns wieder an die wichtigen Dinge drangesetzt. Den Wecker stellte ich auf 4 Uhr, sodass wir spätestens um 8:30 Uhr das Haus verlassen können. Meine Mam hatte sich gewünscht, das wir rechtzeitig da sind, damit wir zum Mittagessen dabei sein können. Leichter gesagt als getan, denn man weiß ja nie wie es sich auf der Autobahn so verhält. Wir sind da zwar nicht allzu lange drauf, aber manchmal reichen diese Sekunden aus, um zu spät zu sein. Der Morgen verlief ziemlich hektisch, denn das frühe Aufstehen war ich schon nicht mehr gewöhnt. Eine Stunde mehr Schlaf hätte mir bestimmt gut getan, aber was solls. Es ist ja nicht immer so und außerdem war es was schönes, worauf ich mich freue. Während der Autofahrt hörten wir sämtliche Weihnachtslieder, die ich mal auf eine CD gebrannt hatte. Zum Glück hält den ihre Modeerscheinung länger, als die der Lieder aus der normalen Chart-List. Natürlich war ich mehr als textsicher und musste ständig mitsingen. Weil ich sowas bereits im Vorfeld geahnt hatte, fragte ich Sousuke, ob er die Fahrt übernimmt. Die Fahrt erschien mir diesmal ziemlich kurz, bis wir bei meinen Eltern ausstiegen. Wir waren sogar 15 Minuten zu früher, als geplant. Somit blieb uns der peinliche Türempfang uns zumindest verschont. Wenn man sich drin umarmt, habe ich keine Probleme damit, aber draußen wo die Nachbarn alles sehen und mitbekommen, weil sie Tag und Nacht vor dem Fenster sitzen, mochte ich nicht. Er lud das Auto aus, während ich schon mal klingelte. Es dauerte immer eine Weile bis sie zur Tür kam, denn ihre Gelenkschmerzen trieben sie oft in den Wahnsinn. Es ist oft so schlimm, dass sie bereits Frührentnerin ist, denn auch im Stillsitzen bekam sie schnell Schmerzen. Als sie auch nach 10 Minuten warten nicht öffnete, packte mich die Angst. Ich nutze den Notschlüssel, um nachsehen zu können, was los war. Zum Glück war mit meinen Eltern alles in Ordnung. Sie konnten lediglich die Küche nicht verlassen, da jede Menge auf dem Herd stand. Sie hatten ja auch noch nicht mit uns gerechnet. Kurzerhand war das gesamte Gepäck im Haus. Mam brachte uns diesmal in das große Gästezimmer, im Erdgeschoss. Sie wusste diesmal früh genug, dass ich noch jemanden mitbrachte. Es beruhigte mich sehr, zu wissen, dass es nicht das Elternschlafzimmer angrenzt. So hat jeder von uns die nötige Privatsphäre. Nun hieß es wieder dem Verhör zu unterziehen. Ich glaube nicht, dass Mam sich so schnell mit ihm anfreundet, ich denke sie ahnt bereits etwas. Nur leider das verkehrte. Ich bin gespannt, wann sie das erste Mal ein Gespräch anfangen wird, ich hoffe nur nicht vor den Feiertagen, sonst sind die versaut und ich reise ab.

„Erzählt mal. Was ist in der Zwischenzeit aufregendes passiert, wo wir uns das letzte Mal gesehen hatten?"

„Nicht allzu viel Mam. Meistens sind wir auf Arbeit und danach genießen wir die Ruhe zu Hause. Letztens waren wir auf einer Halloween-Party."

„Da warst du wieder voll in deinem Element, obwohl es meiner Meinung nach nicht zu dir passt. Ich denke mal Luca war dir eine große Unterstützung dabei."

„Was genau meinst du damit? Er hat mir dabei geholfen, wo ich Probleme hatte, oder tatkräftig unterstützt wo es eben ging."

„Er trägt anscheinend genauso wie du nur schwarz. Das hatte ich eigentlich damit gemeint. Aber wieso kleidet ihr euch in diesem dunklen Etwas, was nicht einmal eine Farbe ist?"

„Es kann durchaus auch elegant wirken, und nicht nur abstoßend. Mir gefällt es so."

„Ich hoffe mal, dass diese Phase auch vorüber geht. Dann hast du es mal fröhlicher um dich."

„Deine Anspielungen sind schon ziemlich direkt. Du könntest glatt weg Namen verwenden."

„Gut dann lass ich die Bombe eben platzen. Ich finde dein Freund hat etwas bedrohliches an sich. Ihr seid auch kaum zusammen gekommen, da ist er in deiner Wohnung eingezogen. Es ist mir alles etwas zu unnormal. Das will ich damit sagen."

„Jennifer, beruhig dich bitte. Wir sind doch noch am Essen und vor Weihnachten möchtest du dich doch bestimmt nicht mit Klara, deiner einzigen Tochter, verzanken."

„Ach nun ist aber auch gut. Sie wollte doch meine Meinung dazu hören. Sie weiß, dass ich ziemlich direkt sein kann, und außerdem ist es mehr als offensichtlich."

„Nur mal so am Rande er sitzt mit dir am Tisch und kann alles hören. Du redest über ihm, als wäre er ein Unmensch."

„Umso besser, dann brauch ich mich ja nicht zu wiederholen."

„Ok mir reicht es. Lasst es euch schmecken. Ich bin im Gästezimmer und packe für die Abreise. Morgen früh bin ich nicht mehr in diesem Haus."

„Siehst du, was du angerichtet hast? Klara warte doch. Deine Mutter meint das bestimmt nicht so."

„Leider kenne ich sie ziemlich gut und sie meint alles genau so."

„Natürlich meine ich es auch so. Wieso sollte ich etwas sagen und dann gleich wieder zurückziehen wollen?"

Als ich im Zimmer verschwunden war, kam mir mein Vater hinterher. Er war immer derjenige gewesen, der zwischen uns zwei für Frieden sorgte. Meistens diente er als neutrale Zone und Vermittelte die beiden verzankten Seiten.

„Schatz deine Mutter hat gute Gründe, um zu zweifeln. Sie macht sich nur sorgen um dich. Erklär ihr alles genau, damit sie es nachvollziehen kann."

„Sie nimmt sich ja nicht einmal richtig Zeit, um zuzuhören. Sie schießt gleich mit Beschuldigungen um sich und hört meine Argumente nicht. Zudem zieht sie über ihm, in seiner Anwesenheit, her. Ich finde die Feiertage hätte sie ja noch abwarten können, oder das Gespräch mit mir alleine aufsuchen können."

Wie immer hatte er recht, aber manchmal nervte seine Eigenschaft auch sehr. Oft rettete er einem auch, weil durch seine Worte konnte man oft klarer durchblicken, und vermied schwerwiegende Fehler. Meistens störte es einem nur so lange, wie die Emotionen einem die Sicht vernebelten. So wie in diesem Fall, fand ich es ungerecht, dass so über ihm geurteilt wird. Sie kannte ihm kaum und nahm sich das Recht heraus ihn bewerten zu können. Es scheint bald so, als wenn sie ihn nicht akzeptieren will. Sie weiß viele Sachen nicht, teilweise auch aus Schutz, aber wenn sie sie kennt, würde sie meine Zuneigung zu ihm nachvollziehen. Es ist noch nicht lange her, aber wir haben schon einiges zusammen erlebt, was uns auch enger zusammengeschweißt hat. Ich bin auch immer noch guter Hoffnung, dass ich die Hintergründe verstehen werde. Um das Gespräch und somit auch meine Gedanken zu unterbrechen, bat ich Dad zu gehen. Ich wollte den Streit nicht weiter provozieren, um tatsächlich abreisen zu müssen. Wäre es mir zu heikel gewesen, wär ich schon längst im Auto, denn Sousuke könnte alles zurecht zaubern und uns schneller verschwinden lassen, als das man bis 3 gezählt hat. Ich gebe der ganzen Sache noch eine Chance, auch der Feierlichkeiten wegen. Ich zog mich rasch um, um ins Bett zu gehen. Es war zwar noch früh am Tag, aber der Stress am Morgen und der Streit setzten mir zu. Ich habe kaum gegessen und zu viel verbraucht. Als ich mich einkuscheln wollte, war er bereits neben mir und streichelte mir das Haar.

„Entschuldige, dass du sowas mitmachen musst. Sie ist nicht gerade einfach."

„So unrecht hat sie doch nicht. Sie kann lediglich ihre Beobachtungen nicht einordnen. Jede Mutter wäre besorgt, um ihr Kind. Verdenken kannst du es ihr auch nicht, denn der perfekte Schwiegersohn bin ich ja nun wirklich nicht."

„Auf mich hat es den Anschein, dass sie dich nur beschuldigt, anstatt zu verstehen."

„Aus Liebe zu dir möchte sie dich schützen. Im Moment sieht sie dein Glück durch mich eher schwinden, als aufblühen. Da bekommt jede Mutter erst mal ihre Befürchtungen."

„Aber wie soll ich sie besänftigen? Die Wahrheit kann ich jedenfalls nicht erzählen."

„Brauchst du auch gar nicht. Es reicht aus, wenn unser Glück und die Liebe zueinander ihr gegenüber beweisen."

„Das wird definitiv lange dauern."

„Denk nicht so viel darüber nach. Ruh dich jetzt erst mal aus. Vielleicht können wir dann am Abendessen teilnehmen. Außerdem was lange wärt, wird gut."

Natürlich war ich so erschöpft gewesen, dass ich auch das Abendessen verschlafen hatte. Dafür wachte ich mitten in der Nacht auf und hatte einen Riesenhunger. Wie ein Tier auf Beutezug versuchte ich in die Küche zu schleichen. Es sollte niemand etwas mitbekommen. Im Kühlschrank war alles so abgepackt und sortiert, wenn ich da beigehe, bekommt das auch ein Blinder mit. Aus dem Augenwinkel nahm ich einen Schatten auf der Terrasse wahr. Ich schnappte mir die erstbeste Decke und kuschelte mich zu ihm.

„Na hat dein Raubzug Erfolg gehabt?"

„Nein, aber was machst du hier draußen?"

„Den Abendhimmel genießen. So ruhig war es für mich schon lange nicht mehr. An das menschliche Leben hab ich kaum noch Erinnerungen, und die, die ich besitze, sind eher negativ. Es ist mal wieder schön normale Dinge im Leben zu haben."

„Was hast du denn im Rat die ganzen Jahre gemacht?"

„Ich war Ausbilder. Das weißt du ja bereits. Danach hatte ich auf sowas kein Interesse mehr und beschloss im Untergrund zu verweilen. Ich war mal da und mal da. Meistens aber alleine unterwegs. Ich konnte auch kaum lange an einem Ort bleiben, denn man würde mein nichtaltern schnell mitbekommen."

„Das ist eher eine triste Vergangenheit. Ist es deswegen, warum du mir nicht gern davon erzählst?"

„Na ja da gibt es noch viel mehr und auch andere Details. Aber an sich ja."

Ich hatte nicht mitbekommen das Jemand in der Wohnstube eingetreten war, denn mit einem Mal ging die Terrassentür auf. Es war meine Mam, die uns ganz entgeistert anguckte.

„Was macht ihr zu so später Stunde hier im Kalten?"

„Einen winterlichen Abendhimmel zu zweit betrachten. Wonach sieht es sonst aus?"

„Tut mir bitte den Gefallen und zieht euch warm an. Ich bereite euch einen Kakao zu."

Nach ein paar Minuten brachte sie uns den besagten Kakao mit Marshmallows. Zudem hatte sie noch 2 weitere Decken bei sich. Danach verschwand sie wieder im Haus und ging die Treppe hinauf.

„Genau das meinte ich gestern. Solch kleine Taten können ihr zeigen, dass du es ernst meinst. Sie wird irgendwann ihre Zweifel verlieren."

Wir blieben eine ganze Weile so sitzen. Als der Morgen anbrach, war für uns Aufbruchsstimmung. Wir bereiteten das Frühstück vor, um meine Eltern etwas zu entlasten. Der Tag verlief sonst ohne weitere Zwischenfälle. Wir hatten das Haus dekoriert und den Tannenbaum geschmückt. Alles, was man für das Essen vorbereiten konnte, war bereits erledigt. Nun konnte es endlich Heiligabend werden. Als ich den Tag aufstand und mit Püschen zum Baum ging, war ich sprachlos. Über Nacht hatte Sousuke wohl Weihnachtsmann gespielt. Es lagen alle Geschenke fein säuberlich sortiert und gestapelt unterm Baum. Es waren Kerzen verteilt, die angezündet waren. Er hatte an alles gedacht. Auch Mam und Dad waren von dem Anblick begeistert und bedankten sich bei ihm. Normalerweise öffneten wir die Geschenke abends, aber diesmal konnte keiner von uns es abwarten, weil alles schon so vorbereitet da lag. Als begann der Tag mit dem Auspacken der Geschenke. Ich war total gespannt darauf wie er seins finden wird. Ich habe ihm noch nie großartig mit Schmuck gesehen, aber es würde ihm bestimmt stehen. Es war eine schlichte silberne Kette, wo jeder Ring eine andere Bedeutung eingraviert hatte. Bei manchen stand noch nichts, denn unsere Beziehung bestand noch nicht so lange. Als er es auspackte küsste er mich sanft auf die Stirn.

Danke Liebling, das ist echt etwas Besonderes.

Man könnte meinen ich mache es mir einfach, indem fast jeder von mir Schmuck bekommt, aber auch das muss zum Charakter des Menschen passen, um gut auszusehen. Ich habe von ihm ein Buch erhalten. Es war schon ziemlich alt und der Einwand war etwas brüchig. Es könnte ein Originalwerk sein. Der erste Anschein erweckte in mir den Gedanken, dass es aus einer Romanreihe stammt. Ich klappte die erste Seite um und war etwas sprachlos. Mit einer kritzeligen Kinderschrift war etwas dort hineingeschrieben worden.

Dieses Buch gehört Luca F.

Es ist tatsächlich etwas aus der Vergangenheit. Ich habe etwas in der Hand, was er als Mensch besessen hatte. Mir kamen die Tränen vor Freude. Ich war so glücklich über diese Geste. Mit so einem alten Buch konnte man mich also zum Weinen bringen. Ich packte es nicht ganz aus, denn es sollte auch die Rückfahrt noch unbeschädigt überstehen. Meine Eltern haben seit Jahren meistens Geld geschenkt oder Gutscheine vergeben, es sei denn man hatte vorher ausdrücklich einen Wunsch erwähnt. Es ist ja auch schwer per Ferndiagnose entscheiden zu können. Wie bereits geahnt gab sie mir das Geburtstagsgeschenk auch wieder mit. Der Abend war schnell vergangen, sowie die restlichen Tage auch. Am Tag unserer Abreise kam Mam noch einmal zu mir, um noch etwas zu besprechen.

„Ich habe zwar immer noch meine Zweifel und werde auch immer meine Meinung offen kund tun, aber es ist dein Leben. Ich möchte mich da nicht zu weit reinstecken. Wie ihr da auf der Terrasse gesessen habt, das Frühstück vorbereitet habt oder er den Weihnachtsbaum mit den Geschenken bestückt hatte, ist er anscheinend doch ein netter Kerl. Nimm es mir dennoch nicht böse, denn er hat eine komische Art an sich, wo man andere Dinge denken könnte."

„Ich hab dich lieb Mam. Danke für dein Vertrauen. Ich weiß genau was du damit meinst. Es war auch für mich am Anfang schwer den Mann hinter der Fassade zu entdecken, aber er ist wirklich in Ordnung. Er tut mehr für mich, als das ich es wieder zurückgeben könnte. Für wie lange etwas hält kann man nie sagen, aber im Moment bin ich so glücklich, das ich mir nichts anderes wünschen würde."

„Das soll auch so bleiben und mehr wünsche ich mir für dich auch gar nicht, denn du musst mit ihm ja auskommen können. Fahrt vorsichtig und grüß Sarah von mir, wegen der Hochzeit die ja bald ansteht."

„Mach ich, bis dann."

Endlich waren die Feiertage zu Ende, denn Silvester fiel für uns mehr oder weniger aus. Ich hatte es satt wieder auf einer Party zu gehen, wie bei Halloween. Lieber zu zweit zu Hause und man weiß was man hat. Jetzt half ich Sarah ab und zu, so wie ich konnte, um den letzten Rest für die Hochzeit zu erledigen. Mein Geburtstag wollte ich später nachfeiern. Im Moment gab es andere wichtigere Sachen, die Vorrang hatten. Die Zeit verging jetzt wie im Flug und es war nur noch eine Woche bis zur Hochzeit.

Lets Love and say Yes

Heute war zum Glück ein ziemlich milder Tag. Wir hatten dieses Jahr auch keinen Schnee bekommen, weshalb Sarahs Planungen nichts im Wege stand. Sie hatte einen kleinen Teppich auslegen lassen, der die Gäste zu den jeweiligen Plätzen führt, und am Ende der Altar stand. In gewissen Abständen standen Bögen mit Blumen und Luftballons. Für eine romantische Atmosphäre sorgten die kleinen Feuerschalen, die zwischen den Bögen aufgestellt waren. Außerdem sorgten sie für Wärme. Über dem Altar und den Sitzplätzen war eine Art Zelt gespannt, um nicht bei einem Wolkenbruch nass zu werden. Auch hier hatte sie dafür gesorgt, dass niemand frieren muss, denn überall wo platz war, standen Heizstrahler. Sie hatte tatsächlich an alles gedacht, und so schnell geplant bekommen. Im Voraus hatte sie mir schon gesagt, dass sie von ihrem Bruder zum Altar geführt wird, weil ihr Vater bereits tot ist. Da ich ihr Kleid nicht kannte, hoffte ich, dass sie einen passenden Bolero an hat und nicht frieren muss. Wenn man erst mal still steht oder sitzt, dann geht die Kälte so richtig durch. Sie hatte ja den Farbwunsch geäußert, den wir auch nachgingen. Mein Kleid war dunkelrot und besaß schwarze Verzierungen. Sousuke trug einen schlichten Anzug, ohne viel Schnickschnack, wo ein rosa Taschentuch in der Brusttasche zu sehen war. Wir saßen leider getrennt, weil ich Trauzeugin von Sarah war, und Sousuke somit nur Zuschauer. Letztendlich war es ja nicht allzu lange und wir waren ja noch am selben Ort. In der ersten Reihe waren die jeweiligen Eltern und die Trauzeugen. Danach kamen die Geschwister. Der Rest hatte keinen zugeordneten Platz, weswegen es bunt gemischt war. Die Standesbeamtin stand bereits hinterm Pult und wartete. Neben ihr war auch schon Philipp, der nervös an seinen Händen spielte. Als eine sanfte Melodie erklang, standen alle auf und drehten sich zu der heranschreitenden Braut. Sie sah wirklich bezaubernd aus, so wie sie es sich schon immer vorgestellt hatte. Sie trug auch meinen geliehenen Haarschmuck. Als sie den Weg vom Schloss zu uns rüber geschafft hatte, nahm Philipp sie gleich in seine Hände. Es sollte wohl niemand zwischen die beiden kommen dürfen. Sie hatten sich diesen Moment echt verdient, nach all dem, was passiert war. Die Standesbeamtin erhielt nun das Wort. Als sie die Geschichte der beiden bereits erzählt hatte, wurde es so langsam ernst.

„Philipp Krause, möchtest du heute im Beisein der Menschen, die euch wichtig sind, das Versprechen geben, immer für Sarah da zu sein? Willst du dich auf den weiteren Weg freuen und mit ihr alt werden? Willst du mit Sarah ein gemeinsames Leben träumen, planen und verwirklichen und in schwierigen Zeiten nicht den Humor verlieren und deiner Frau zur Seite stehen? Wenn du Sarah dies so versprechen möchtest, dann antworte mit: Ja, ich will."

„Ja, ich will."

„Sarah Schneider, möchtest du heute im Beisein der Menschen, die euch wichtig sind, das Versprechen geben, immer für Philipp da zu sein? Willst du dich auf den weiteren Weg freuen und mit ihm alt werden? Willst du mit Philipp ein gemeinsames Leben träumen, planen und verwirklichen und in schwierigen Zeiten nicht den

Humor verlieren und deinem Mann zur Seite stehen? Wenn du Philipp dies so versprechen möchtest, dann antworte mit: Ja, ich will."

„Ja, ich will."

„Du darfst die Braut nun küssen."

Sie schauten sich sehr verliebt an und dann folgte ein romantischer Kuss. Es dauerte einen Müh zu lange, denn sie waren ja nicht gerade alleine hier. Es machte den Anschein, als ob es kein Ende mehr geben würde. Schließlich fanden sie doch noch ein Ende und die Zeit für die Ehegelübde war angebrochen.

„Ihr dürft nun ein paar Worte sagen, als Beweis eurer Liebe. Beginnen wir als erstes beim Bräutigam."

„Oft stand uns das Schicksal im Wege, umeinander nahe zu kommen. Darum ist es Zufall, dass wir uns getroffen haben. Nun steht eine kluge, attraktive und witzige Frau vor mir und inspiriert mich. Du hast das Glück in meinem Leben gebracht. Deshalb will ich dir nicht von der Seite weichen und mit dir den Rest meines Lebens verbringen."

Die Worte von ihm haben sie zutiefst berührt, und sie fing an zu weinen. Sie war kaum noch im Stande ihr eigenes Gelübde vorzulesen.

„Schon beim ersten Mal, als der Klang deiner Stimme ertönte, wusste ich bereits, das mein Herz von dir angezogen wird.

Je mehr Zeit wir miteinander verbrachten, desto betörender wirkte der Ton auf mich. Die Gefühle bestehen nun schon so lange.

Du, als Dirigent meines Lebens, lässt mein Herz immer schneller schlagen, bis ich denke den Halt unter den Füßen zu verlieren.

Ich sage es vielleicht zu selten, aber du allein genügst für mich. Darum bin ich bereit den Schritt der Ehe zu wagen, um mit dir alt werden zu können."

Es war wirklich sehr berührend das Ganze mit anzusehen. Nach diesen bezaubernden Worten musste jeder noch unterschreiben, weil sie seinen Namen angenommen hatte. Es war auch für mich eine Umstellung, denn wenn ich was zu ihr schicken wollte, müsste ich das jetzt berücksichtigen. Danach konnte das Brautpaar gratuliert, umarmt und beglückwünscht werden. Anschließend sollten die Gruppenbilder gemacht werden. Ich hatte Sarah bereits gratuliert, aber sie kam erneut auf mich zu und umarmte mich. Ihr Strahlen in den Augen und im gesamten Gesicht machte sie noch umwerfender.

„Danke das ihr gekommen seit. Ich habe ein paar Wunschvorstellungen für die Bilder. Ich möchte gerne eins nur mit dir, eins mit euch beiden und eins wo wir alle 4 drauf sind. Habt ihr was dagegen?"

„Wenn du uns schon so einlädst, dann kann ich nicht anders als ja zu sagen."

„Toll. Dann lasst uns endlich anfangen."

Erst sollte das große Gruppenbild und dann die jeweiligen Familienbilder gemacht werden. So konnten einige, wenn sie fertig waren, schon ins Schloss, zum Sektempfang, gehen. Wir blieben noch eine Weile draußen, um ihrer Bitte nachzugehen. Als auch diese Bilder im Kasten war, blieben nur noch die süßen Brautpaarbilder übrig. Nun konnten auch wir beim Sektempfang eintreffen und die Location bewundern. Es war alles sehr kitschig und rosa. Ich glaube bald, das Philipp ihr alles machen lassen hatte, um sie endlich als Frau zu haben. Die Stühle waren mit Hussen versehen, es sind runde Tische mit großen Tischdecken und jeweils eine kleine Blumenvase in der Mitte. Es konnten pro Tisch 6 Leute sitzen. Laut der Sitzordnung sollten wir neben dem Brautpaar platz nehmen. Ich hatte mich sehr darüber gewundert, denn ich hatte damit gerechnet, dass sie die jeweiligen Eltern um sich haben will. Die saßen aber an einem separaten Tisch. Vielleicht hatte sie die im Vorfeld gefragt und keiner wollte es so recht. Was mich am meisten an diesem Platz störte, war die unweigerliche Aufmerksamkeit durch das Brautpaar. Jeder der die beiden betrachtete, sah automatisch uns. Es missfiel mir, denn ich wusste, dass Sousuke nicht unbedingt für gute Laune sorgte. Vielleicht biete es sich an, dass wir uns ne Weile zurückziehen können. So nach und nach haben alle an ihren vorgesehenen Plätzen eingefunden. Nun stand das nächste große Ereignis vor der Tür. Es wurde mit lautstarker Musik und einer kleinen Ansage die Hochzeitstorte hereingefahren. Als sie in der Mitte des Saals stand, wurden die Wunderkerzen angezündet. Sie sah genau so aus, wie Sarah es sich gewünscht hatte. Nun musste sie auch noch so schmecken. Es gab einen kleinen Kampf, wer nun die Hosen an hatte. Ich möchte meinen, dass sie den Daumen noch rübergeschmuggelt hatte, um so zu gewinnen. Sie einigten sich aber auf ein Unentschieden. Das ganze war ein ziemlicher Festschmaus. Egal welche Etage man probierte, es schmeckte köstlich. Philipp war genauso begeistert, was umso schöner war, denn er war bei kaum einer Vorbereitung mit eingeweiht gewesen. Das meiste was passierte, war für ihn eine Überraschung. Mir fiel auf, das die Gäste sich so langsam langweilten. Ich fragte mich, was nun auf dem Plan stand, um Stimmung in die Bude zu bekommen. Es ist nicht gerade leicht so viele auf einmal zu begeistern, aber Sarah sorgte gerade dafür, dass sie die volle Aufmerksamkeit erhielt. Sie verkündete nun am Mikro den Ablauf des Abends.

„Ich hoffe, sie sind genauso satt geworden, wie ich. Nun brauchen wir die Hilfe von jeden einzelnen."

Alle Gäste schauten sich fragend an. Was genau könnte sie damit nur meinen? Jemand stellte sich in die Mitte des Raumes. Sie hielt 2 Zettel in der Hand und bat die Frau neben sich, zu ihr zu kommen.

„Liebes Brautpaar, jeder von euch erhält einen Ansprechpartner. Wir haben für jeden von euch eine Liste, mit Gegenständen, die ihr besorgen müsst. Wer als erstes alles zusammen hat, hat gewonnen."

Gesagt, getan. Es war eine lustige Runde, denn sie benötigten einen Gürtel, eine Rolle Toilettenpapier und vieles mehr. Am Ende erhielt Sarah den Preis. Es war ein Gutschein für das große Einkaufszentrum in Paris. Dort wo auch die Flitterwochen stattfinden sollen. Es folgten noch einige Spiele, die sehr interessant waren, aber auf die Länge gesehen einschläfernd wirkten. Ich brauchte mal etwas Abwechslung vom Sitzen und da kam der nächste Schritt im Programm genau richtig. Alle alleinstehenden Frauen sollten sich vor dem Schloss einfinden, um an dem Brautstraußwurf teilzunehmen. Ich stellte mich in eine Ecke, um möglichst nicht erwischt zu werden. Ich glaube, das Sarah es mit Absicht getan hat, denn ich brauchte mich nicht einmal großartig anzustrengen, da landete der Strauß sicher in meinen Händen. Es sollte wohl so viel heißen wie: nun bist du an der Reihe meine Liebe. Sie hatte schon immer darauf gehofft, mich eines Tages verheiratet zu sehen. Diese Vorstellung war klarer in ihrem Kopf, als ihre eigene Hochzeit. Sie wünschte sich unbedingt einen geeigneten Partner an meiner Seite, der nun auch gefunden war. In der Zwischenzeit wurde das Buffet im Nebenraum aufgetischt. Nun konnte man sich ordentlich den Bauch vollschlagen. Das Essen war sehr köstlich und ich war komplett satt geworden. Insgeheim habe ich die Portion von Sousuke mitgegessen. Der nächste Programmschritt sorgte für viel Romantik. Es war eine Feuershow, wo die Geschichte der beiden etwas dargestellt wurde. Am Ende leuchteten 2 Herzen mit den jeweiligen Namen im dunklen Nachthimmel. Nach den ganzen Tag wollte ich endlich mal etwas Abstand gewinnen. Also verschwanden wir hinter dem Schloss und setzten uns an den Teich. Es war sehr romantisch und ich wollte diesen Abend genießen. Nur war die Ruhe zu schnell zu Ende. Sarah stand wie aus dem nichts hinter uns und störte uns beim Küssen.

„Da seit ihr ja endlich. Ich hab euch schon überall gesucht. Was macht ihr eigentlich hier draußen, so weit weg von der eigentlichen Party? Es soll jetzt der Eröffnungstanz stattfinden. Da dürft ihr auf keinen Fall fehlen."

Etwas angenervt folgte ich ihren Schritt. Ich hab sie wirklich gerne, aber solche Tage stressen mich zutiefst. Es wurde Zeit, dass der Abend sein Ende nimmt. Drinnen wurde die Stimmung immer lustiger, wegen der Alkoholmenge. Nach dem kleinen Eröffnungstanz, der noch etwas Übung benötigt hätte, waren schon fast alle Gäste auf der Tanzfläche. Um schnell von unerwünschten Orten zu verschwinden, hilft es dich müde zu stellen. Das kann man gut nachahmen und da knickt fast jeder ein und lässt den anderen gehen. Diese Strategie nutzte ich schamlos aus, um schnellstmöglich verschwinden zu können. Draußen angekommen ging es mir gleich viel besser und ich hätte Purzelbäume schlagen können. Mittlerweile kannte er meine kleine Masche und er wusste genau wohin die Reise gehen soll.

„Wie eilig hast du es?"

„Ich wollte nie her, geschweige denn so lange bleiben. Sehr eilig."

Da alles dunkel war, deuteten wir an zum Auto zu gehen, obwohl wir schon längst zu Hause waren. Er hatte mal wieder alles im Griff und setzte seine Magie ein.

Hochzeitsnacht für Brautgäste

Das ganze Gerede über die Liebe, Beziehungen und Hochzeit hat mich in guter Stimmung gebracht. Er setzte sich aufs Sofa, wo ich gleich auf sein Schoß krabbelte. Ich küsste ihm und wollte ihn verführen. Er wusste, was ich wollte, denn immer wenn ich mir auf die Lippe biss, war ich scharf auf ihm. Er trug mich kurzerhand ins Schlafzimmer. Ich wollte unbedingt was neues ausprobieren und meine Ideen wahr werden lassen. Er erkannte meine Sehnsucht und erfüllte sie mir, ohne nachzufragen. In einen Wimpernschlag war ich auch schon von meinen Sachen entledigt. Als ich nackt dastand legte er mich auf das Bett, ohne die Küsse zu unterbrechen. Er legte meine Hand- und Fußgelenke in Ketten und band diese am Geländer des Bettes fest. Nun lag ich also nackt, wie ein X, mit dem Rücken auf dem Bett und war ihm schamlos ausgeliefert. Er sollte mich berühren und alles erkunden. Langsam und galant küsste und kitzelte er in Abwechslung meinen gesamten Körper. Er umspielte meine erogenen Zonen und sorgte jetzt schon für einen gewissen Reiz. Es störte mich nicht im geringsten gefesselt zu sein. Es macht die Wahrnehmung nur noch stärker. Ab und zu zwickte er mich und ich konnte nicht aufhören zu stöhnen. Er zog sich nur bis auf das Nötigste aus, um mich zu beglücken. Ich war schon total um den Verstand gebracht, als er endlich den Weg nutzte der ihm dargeboten wurde, und in mir eindrang. Er löste nebenbei die Fesseln der Hände, sodass ich ihm auch berühren konnte und das Hemd schnell aufknöpfte. Ich wollte nicht unbedingt das Kommando haben. Ich war bereitwillig mich zu untergeben und mich verführen zu lassen. Die Dominanz lag mir eh nicht so sehr. Ich hatte auch nicht das Gefühl, das es ihm störte die Führung zu haben. War es wegen seinem Charakter oder der schwarzen Magie? Es ist ja auch eigentlich total egal, solange es nichts an der Situation veränderte. Seine Haare boten für mich immer eine kleine Spielfläche, denn die zerwuschelte ich zu gerne. Die Ketten für die Beine setzte er noch weiter auseinander, sodass die Spielfläche für ihm sich vergrößerte. Er küsste meine Scheide und sorgte für noch mehr Erregung in mir. Ich konnte nicht mehr innehalten und kam für ihn. Ich keuchte, stöhnte und bestand nur noch aus reiner Lust und Begierde. Er grinste und war zufrieden mit seinem Werk, doch er war noch lange nicht fertig. Er drang wieder in mir ein und da mein Unterleib eh schon angeregt war, dauerte es nicht lange bis ich zum zweiten mal zum Orgasmus kam. Er legte sich etwas neben mir und streichelte meinen Bauch. Ich versuchte sein Gesicht in meine Hände zu bekommen, um ihm küssen zu können, aber er ließ es nicht zu und fesselte wieder meine Handgelenke. Er wollte es so richtig auskosten. Mein Körper gab sich ihm vollkommen hin. Der Kopf war bereits seit der ersten Sekunde abgeschaltet und der Rest passierte als Automatismus. Er unterbrach kurz das Küssen und in diesem Augenblick veränderte sich das Zimmer. Anstatt künstliches Licht, brannten zahlreiche Kerzen, die um das Bett verteilt waren. Sie waren natürlich schwarz. Auf jeden Nachttisch stand eine Vase mit dunkelroten Rosen. Die Vorhänge waren jetzt zugezogen. Im Hintergrund lief leise instrumentale Musik und die Bettwäsche war wieder aus

Satin. Dieses Gesamtbild machte es stimmig. Er befreite meine Extremitäten und lies mich entscheiden worauf ich Lust hatte. Ich schmiegte mich an ihm und wollte diesen romantischen Abend in seinen Armen ausklingen lassen. Hin und wieder schaute ich in seine wunderschönen Augen, oder es kam zu einem Kuss. Leider konnte ich nichts dagegen tun, und auch dieser leider auch dieser Abend ging zu ende. Ohne jeglichen Grund wurde ich wach und konnte nicht mehr einschlafen. Es war mittlerweile 9 Uhr am Morgen und der neue Tag hatte begonnen anzubrechen. Als ich mich umdrehen wollte, bemerkte ich, dass ich immer noch in seinen Armen lag. Dieses Gefühl kannte ich kaum, denn er war meist früher aus dem Bett, als ich. Es verwunderte mich sehr, dass er noch so friedlich im Bett liegt und den Anschein erweckt zu schlafen. Der Anblick war schon ziemlich entzückend. Ich erwischte mich dabei, wie ich ihm bewunderte. Er hatte schöne lange Wimpern. Es sah so aus, als wenn er ein ganz gewöhnlicher Mensch wäre. Nur nach meiner kleinen Bewunderungsstunde wurde ich nervös. Er benötigte keinen Schlaf. All die Nächte zuvor war er wach und hatte aus Langeweile Dinge erledigt. Manchmal arbeitete er von zu Hause aus weiter, wischte Staub, las Bücher oder was sonst so anfiel. Aber es war mehr als fragwürdig wieso er heute Nacht schlafen musste. Ich rüttelte ihm leicht an seiner Schulter, nur ohne Erfolg. Auch stärkeres Schütteln machte ihm nicht wach. Ich schrie ihm an, was auch zu nichts führte. Mir lief es eiskalt den Rücken runter. Was ist mit ihm passiert? Ich wusste mir nicht zu helfen, denn ich kannte noch nicht so viel über die schwarze Magie und so. Nach einer Weile viel mir das kleine Amulett wieder ein. Marlow schenkte es mir für Notfälle. Er sagte es wird auch mal Situationen geben, wo Sousuke mir nicht helfen könnte. Da ich jetzt den Schutz des Rates genoss, durfte ich sie damit um Hilfe bitten. Bevor ich mich auf die Suche machte, zog ich mir fix ein Longshirt an. Anschließend durchsuchte ich die Wohnung nach dieser Kette. Es war ein kleines Pentagramm mit einer Rose. Ich fand es in meiner Handtasche, nahm es in die Hände und begann innerlich um Hilfe zu rufen. Ich fragte mich wie wohl die Hilfe aussehen mag. Ist es wie eine Art Telefonat oder kommt tatsächlich jemand her? Ich hoffte nur dass die Hilfe schnell kommt. Ich wusste ja nicht einmal wie lange er schon in diesem Zustand war und ob es für ihm irgendwelche Folgen hatte. Ich machte die Augen zu und rief erneut um Hilfe.

Rettung in letzter Sekunde

Meinen Ruf folgte ein Mann, der im Schlafzimmer erschien. Ich erkannte ihn wieder. Er war auch auf der Ratsversammlung, doch ich kannte seinen Namen nicht. Ich wollte ihm jetzt auch nicht nach seiner Geschichte ausfragen, denn es sollte Sousuke, so schnell es geht, geholfen werden. Ohne Umschweife fragte er auch nach meinem Anliegen. Ich erklärte ihm alles. Erst wollte er mir nicht so recht glauben und versuchte Sousuke zu wecken. Selbst ihm gelang es mit Rütteln und Anschreien nicht. Als er bemerkte, dass es nicht funktionierte, bekam auch er etwas Muffensausen. Er holte den Arzt dazu, denn sein Wissen war auch an einem Punkt angekommen, wo er ratlos daneben stand. Der Arzt untersuchte ihm von Kopf bis Fuß. Er stellte Atmung fest, einen schwachen aber regelmäßigen Puls und einen hypotonen Blutdruck. Nach den Werten zu urteilen, schlief er wirklich nur. Aber die Ursache dafür war noch nicht bekannt. Der Arzt entschied ihn mitzunehmen, um genaueres zu erfahren und über einen längeren Zeitraum Werte zu erhalten. Er wollte gerade verschwinden, da klebte ich ihm förmlich am Rockzipfel. Ich wollte unbedingt mit und bettelte solange, bis er es erlaubte. Wenn ich zu Hause alleine mit den Sorgen sitzen bleiben sollte, dann bin ich für mich selber ja eine Gefahr. Ich würde es nicht aushalten diesen Druck, nicht zu wissen was es nun ist, wie lange es noch anhält und was der Auslöser nun war. Um genau ermitteln zu können befragte mich der Arzt. Er wollte alles wissen. Ob ich oder er etwas gegessen haben und wenn was. Was wir gemacht haben kurz bevor ich es mitbekommen hatte. Was ich alles unternommen hatte, um ihm zu retten. Er betrachtete ihm genau, bis ihm etwas einfiel.

„Wo ist seine Kette?"

„Er besitzt doch gar keinen Schmuck."

„Er hat immer eine kleine Kette bei sich. Sie sieht deinem Amulett sehr ähnlich. Es liegt auf ihr ein kleiner Zauber. Wenn er die nicht bei sich hat, erklärt es diesen Zustand."

„Ich würde ja sehr gerne helfen, aber ich höre von dieser Kette zum ersten Mal."

Ich kannte diese Kette nicht. Ich habe sie auch noch nie gesehen, geschweige das er mal darüber geredet hatte. Aber wenn die so wichtig für ihm ist, wieso besitzt er sie dann nicht mehr? Es gab da noch einiges was ich geklärt haben möchte, doch der Arzt ignorierte mich und fokussierte sich darauf, ihm weiterhin zu untersuchen. Ich streichelte seine Hand und hoffte, dass es sein Unterbewusstsein wahrnahm.

„Um was für einen Zauber handelt es sich da?"

„Den Unendlichkeitszauber. Sein Äußerliches und die Jahre, die er bereits lebt, stimmen nicht überein. Das gelingt ihm durch diesen Zauber. Normalerweise müsste man in gewissen Abständen ein Elixier trinken. Er hat aber seine Kette verzaubert. Was Vor- und auch Nachteile hat."

„Darf ich wissen welche das sind?"

„Wenn man es trinkt, ist man für 2 Monate damit versorgt und benötigt nichts weiter. Da er aber nur mit der Kette lebt, ist ein Leben ohne Kette nicht möglich. Fehlt sie zu lange, würde er sterben, denn sein Körper ist rein theoretisch längst tot."

Ich hauchte nur ein entsetztes Nein und nahm automatisch seine Hand noch fester in meine. Durch meine Sorge wurde ich leicht unverschämt, was man an meiner Stimme erkannte.

„Dann tun sie doch endlich was. Sie wissen doch bereits woran es liegt, dann helfen sie ihm bitte."

„Das würd ich gern, doch ich kann es nicht."

„Was? Sie sind doch Arzt und außerdem können sie auch Zaubern. Wieso wollen sie ihm nicht helfen?"

Ich fing an zu weinen und musste mich hinsetzen. Es war zu viel für mich. Sollte ich ihm wirklich verlieren und dann noch durch sowas blödes? Der Arzt legte zur Beruhigung einen Arm um mich. Es war mir alles egal, solange ich bei ihm am Bett bleiben konnte und ein Gegenmittel gefunden wird.

„Klara, ich kann deine Sorgen verstehen. Zudem weißt du kaum etwas über uns, aber wenn ich helfen könnte, würde ich es auch tun. Gebe ich ihm jetzt einen Trank oder ähnliches würde er sich total verändern. Es ist von einem anderen Zauber entstanden und mit anderen Bedürfnissen beschmückt. Der eine möchte keine grauen Haare, der nächste keine Falten und so weiter. Es muss sein eigener Zauber sein. Du wirst mich gleich noch mehr hassen, aber ich würde dich gerne zu dir nach Hause schicken. Dort suchst du alles nach dieser Kette ab."

„Ich will hier nicht weg. Ich kann ihm doch nicht alleine lassen."

„Wenn es dich beruhigt halten wir über Telepathie Kontakt zueinander. Sofern sich sein Zustand verändert, egal in welche Richtung weißt du gleich Bescheid. Ich kann dir so auch genau erklären wonach du suchen musst."

Ich konnte also doch noch helfen. Somit stimmte ich den Vorschlag ein und befand mich wieder in meiner Wohnung. Ich durchwühlte jede erdenkliche Ecke und kramte in jeder Tasche. Rionsuke meinte, dass er die Kette seit knapp einen Tag nicht haben kann. Ich erzählte ihm grob was wir alles gemacht hatten und dabei kam mir eine Idee in den Kopf. Ich rief Sarah an, vielleicht ist sie ja bei ihr in die Tasche geraten, oder sie hatte sie gesehen und wollte sich die ausleihen. Es war nicht das erste Mal, dass so Schmuck von mir entkommen war. Sie ging nicht ans Telefon, aber mir blieb noch die Möglichkeit Philipp zu erreichen. Er nahm sofort ab. Ich schrie mehr oder weniger hysterisch in den Hörer und wollte das er mir Sarah gab. Er brauchte 2 Minuten bis er bei ihr war und ihr das Telefon übergab.

„Hast du eine Kette von Sousuke entwendet? Bitte sei ehrlich, sie ist besonders wichtig. Ich brauch sie dringend wieder."

Sie fing an zu stottert und wusste nicht genau wie sie aus der Sache wieder raus kam. Also war meine Vermutung richtig gewesen. Sie hatte die Kette aus der Tasche entwendet. Sie war ein kleiner Langfinger und man bekam es nie mit. Selbst ein Magier anscheinend nicht.

Klara beeil dich. Seine Atmung wird flacher und die Körpertemperatur nimmt weiter ab. Er muss sie innerhalb der nächsten Stunde um haben, sonst garantiere ich nichts.

„Bitte Sarah wo bist du. Ich brauche sie jetzt sofort wieder. Es ist sehr wichtig."

Die letzten Worte waren kaum zu verstehen. Ich weinte wie ein Schlosshund und musste mich stark konzentrieren bei Verstand zu bleiben.

„Ich bin bei mir zu Hause, wo auch sonst? Ich kann leider jetzt nicht zu dir, wenn dann müsstest du kommen."

In meinem Kopf ratterte es. Sie wohnte ungefähr eine halbe Stunde von mir entfernt. Die Straße ließ es leider kaum zu, dass man raste. Ich flitzte zum Auto und fuhr so schnell es ging. Natürlich zog ich das Pech magisch an und es war ein kleiner Unfall auf dem Weg, wo es halbseitig gesperrt war. Aus den ursprünglich gedachten 30 Minuten wurden es 45 Minuten. Ich stürmte zur Haustür und klingelte Sturm. Als Philipp die Tür einen Spalt öffnete, drängelte ich mich hinein. Er dachte sich wohl ich wäre eine Furie. Und da sah ich sie. Sarah trug einen schlichten Morgenmantel. Anscheinend hatten sie die Hochzeitsnacht gut genutzt. Trotzdem fiel mir etwas sehr deutlich auf. Um ihren Hals trug eine Kette, die der Beschreibung nach Sousuke gehört. Ich entriss sie ihr und raste wieder raus. Sie würde mich bestimmt noch mal darauf ansprechen, aber es war mir egal.

Rionsuke ich habe sie. Bitte holen sie mich wieder zu sich.

Als ich da war übergab ich ihm die Kette und war erstarrt vom Anblick meines Freundes. Er war total abgemagert und die Hautfarbe war total fahl. Er sah schon wie ein Toter aus. Rio legte ihm die Kette um und hoffte, dass die Rettung nicht zu spät war. Ich wich keine einzige Sekunde von ihm und gab ihm einen Kuss auf die Wange. Einmal bin ich kurz weggenickt und musste im Schlaf weiter geweint haben, es war alles voller Tränen und die Augen waren sehr verklebt. Rio fragte mich ab und an, was er für mich tun konnte. Es gab nur eins, was meinen Zustand wieder verbessern könnte, wenn es Sousuke besser geht. Er gab mir eine Decke, denn es war kaum zu übersehen, dass ich fror. Hier war es sehr kalt und durch den Stress und Schlafmangel war es noch schlimmer. Ich bat Rio das er uns jeweils eine Krankschreibung ausschreibt. Wir beide waren nicht in der Lage morgen früh arbeiten zu können. Er befolgte es.

„Ich kann verstehen, wieso er sich für dich entschieden hat. Du bist wirklich außergewöhnlich. Du nimmst einen Streit mit deiner besten und einzigen Freundin auf, nur um ihn zu retten. Du trittst mit einer Selbstsicherheit hier auf und stellst dich unseren Chef. Bleib so wie du bist."

Mein Mund blieb offen stehen. Rio war wenigstens ehrlich und akzeptierte mich bereits als Mitglied. Ich war erstaunt über die Worte, denn ich persönlich sah mich nicht so. Meistens empfand ich mich als ziemlich mürrisch und verunsichert. Das einzige, was gut war, ich wusste meist genau was ich wollte. Was ich mehr als mein eigenes Leben oder Sicherheit wollte, war ihm. Ich würde mich auch von ihm trennen, wenn es das einzige ist, wie ich ihm retten könnte. Im Moment veränderte sich nichts, er blieb weiterhin so reglos liegen. Nach einer Weile nahm die Atmung weiter ab und Rio bat mich für einen Augenblick das Zimmer zu verlassen. Als ich wieder rein kam, sah ich schon am Gesichtsausdruck, dass meine schlimmsten Befürchtungen wahr geworden sind. Ich setzte mich wieder auf dem Stuhl und hielt seine Hand.

Ich liebe dich. Ich werde dich nicht aufgeben. Bitte komm zurück zu mir.

Mein Amulett holte ich aus der Tasche und legte es in seiner Hand und umschloss sie wieder mit meiner. Immer wieder flehte ich ihm an und hoffte, dass er zu mir zurück kommt. Der ganze Tag war vergangen und Sousuke schien nicht mehr aufzuwachen. Rio wollte mich bereits rausschicken und ihn umkleiden. Ich ließ es nicht zu, denn meine Hoffnung war noch zu stark, als das ich so schnell aufgeben würde. Mein Herz drohte zu zerreißen, denn ich merkte diesen Schmerz in mir, der alleine aus der Trauer entstanden war. Am liebsten würde ich jetzt auch aus dem Leben treten, um dieses Gefühl los zu werden und mit ihm als Geist zu wandeln. Dort waren wir auch gleich Wesen und mussten nicht mit unterschiedliche Verhaltensweisen kämpfen. Als der neue Tag versuchte anzubrechen Der neue Tag versuchte anzubrechen, hatte ich die ganze Nacht an seiner Seite verbracht, ohne eine Verbesserung zu sehen. Ich wollte gerade aufstehen, um mich etwas anders hinzusetzen, da war mir so, als wenn er wieder Luftholen würde. Vielleicht war es auch meine Fantasie, trotzdem rief ich nach Rio. Er untersuchte ihm und nickte mir zu.

„Das war Rettung in allerletzter Sekunde."
„Danke Rio."

Ich war so überglücklich, dass ich ihm um den Hals fiel, um mich zu bedanken. Es sollte also wieder bergauf gehen. Rionsuke gab mir noch einige Dinge mit auf dem Weg, wie er sich die nächste Zeit verhalten sollte.

- Zauberverbot für mindestens 2 Wochen
- Keine hohen Temperaturen
- Sex wenn es geht auch erst mal nicht (Küssen erlaubt)
- Viel Ruhe
- Mir alles über die Kette erklären, guter Rat nebenbei, vielleicht gleich alles andere auch noch

Er war dem Tod noch einmal von der Schüppe gesprungen und konnte wieder am Leben teilnehmen. Sein Körper erholte sich langsam aber stetig. Als er ansprechbar war, sah Rio keine Bedenken uns nach Hause zu schicken.

„Rio darf ich dich noch was fragen."

„Jederzeit. Du bist bei mir herzlich willkommen."

„Können wir irgendwie weiter im Kontakt stehen. Also per Telepathie oder so. Ich werde jetzt wohl kaum noch zu normalen Ärzten gehen können und neben dir wohne ich ja nicht. Ich wäre beruhigt zu wissen, dass ich dich schnell erreicht bekomme und nicht erst über Umwege wie dieses Mal."

„Es gibt da tatsächlich eine Methode. Da sind wir miteinander verbunden, aber ich bekomme deine Gedanken nicht mit. Du müsstest meinen Namen rufen, quasi wie ein Anruf, den ich dann annehme."

„Würdest du es dann möglich machen."

„Klar. Du kannst auch mit anderen Problemen zu mir kommen. Ich bin dir stets behilflich."

Ich bedankte mich bei ihm und er schickte uns nach Hause. Dort brachte ich Sousuke ins Bett und betrieb Krankenpflege. Ich überlegte krampfhaft wie ich mein Kälteempfinden und seine Liebe zur Kälte miteinander verbinden konnte. Das Fenster blieb immer auf und die Bettdecke wanderte zusätzlich zu mir. Ein guter Deal, fand ich. Die meiste Zeit schlief er noch, denn sein Körper war noch sehr geschwächt. Er hätte schon vereinzelt mit mir reden können, doch ich wollte es nicht, da es ihm unnötig Kraft kostete. Ich hatte ihm auch leichte Gerichte zubereitet, wo er mehr oder weniger nur schlucken brauchte. Es viel ihm irgendwie schwer meine Hilfe anzunehmen. Es traf mich zwar hart, aber ich überspielte es und gab mir noch mehr Mühe. Er sollte schnell wieder auf die Beine kommen. Als er zum ersten Mal ruhig schlief, kuschelte ich mich auch ein, um ein paar Minuten auszuruhen.

„Nein, nein ich will nicht."

Ich schreckte sofort hoch und war hell wach. Was war denn gerade passiert? Niemand war im Haus und das Licht war auch aus. Das einzige Unheimliche war Sousuke selbst. Er zappelte wie wild mit seinen Händen und rief immer wieder dieselben Worte.

„Schatz es ist alles gut. Dir passiert jetzt nichts mehr. Du bist in Sicherheit und liegst in unserem Bett."

Ich legte den Arm um ihn und er beruhigte sich etwas. Dieses Spiel zog sich noch bis ungefähr Freitag. Dort war sein Körper schon recht stabil, sodass er die paar Stunden, wo ich arbeiten bin, alleine schaffte. Die Albträume allerdings nahmen von Nacht zur Nacht zu. Wenn er wieder vollkommen gesund ist, dann werde ich mal das Gespräch mit ihm suchen müssen.

Ich hatte gehofft, dass er bald ohne Angst schlafen könnte, doch weit gefehlt. Rio versteht nicht wieso er seit diesem Vorfall vor einem Monat immer noch in der Nacht schlief. Sein Körper und die Vitalwerte ließen darauf schließen, dass er wieder vollkommen gesund ist, für einen schwarzen Magier. Das Schlafen selbst störte mich am wenigsten, aber das er nur mit Albträumen heimgesucht wird, machte mir schon Angst. Jedes Mal, wenn ich versuchte mit ihm darüber zu reden, wechselte er schnell und gekonnt das Thema. Ich beschloss keine Fragen mehr zu stellen, denn ich merkte das er sich dadurch nur unnötig von mir entfernte und sich verschloss. Wenn es zu schlimm wird, kommt er vielleicht von alleine, oder Rio muss eh Untersuchungen machen. Der Alltag hatte schon wieder Fuß bei uns gefasst und mittlerweile waren wir beide auf der Arbeit. Es war einiges aufzuholen, denn er durfte auch jetzt noch keinen Zauber anwenden. Aber selbst wenn, würde es bei dieser großen Menge sehr auffallen, das alle gleichzeitig fertig wurden. Er war jetzt bedeutend langsamer, aber seine Ergebnisse machten keinen Minuspunkt dadurch. Das, was er da machte, war schon fast Automatismus für ihm.

Ein Pflaster für die Zukunft

Die ganze Zeit habe ich nicht mit Sarah gesprochen. Irgendwie konnte ich mich nicht überwinden, meinen Zorn zur Seite zu legen. Es bereitete mir immer mehr Beschwerden, je länger ich es nach hinten hinauszögerte. Selbst Sousuke fiel es auf und wollte, dass ich mit ihr redete. Sie war immer meine beste Freundin gewesen, aber dieses Mal war sie zu weit gegangen. Sie konnte zwar nicht ahnen, was diese Kette für ihm bedeutete, aber es war trotzdem sein Eigentum. Sie hatte des Öfteren bei mir angerufen, was ich immer wieder ignorierte und weggedrückt. Ich hatte auch dieses flaue Gefühl, wenn ich ihr gegenüberstehe, das ich meine Fassung nicht halten kann. Sie sollte sich lieber gut ausrüsten oder mir nicht zu nahe kommen, sonst würde sie wahrscheinlich sich eine fangen. Letztendlich stimmte ich widerwillig einer Aussprache zu. Es sollte bei ihr stattfinden, somit hatte ich immer noch eine Möglichkeit zu fliehen, wenn meine Wut tobte. Meine Unlust konnte ich kaum verbergen, auch nicht als sie mich fröhlich begrüßte. Sie hatte anfangs ein unbeschwertes Gesicht, denn sie freute sich mich wieder zu sehen. Dieses Lächeln wich beim Blick meiner Grimasse einem traurigen Ebenbild meiner selbst. Anscheinend hatte sie leichte Gewissensbisse. Das gefiel mir und ich schmunzelte in mich hinein. Ich wusste gar nicht das ich so Gefühlskalt sein könnte, und schon gar nicht zu ihr. Sie bat mich einzutreten und auf der Couch platz zu nehmen. Sofort gab ich unmissverständlich zu spüren, das ich keine Zeit hatte für lange Ausreden. Ich wollte die Sachen klären und zwischen uns beseitigen, in Hoffnung es wird wie vorher.

„Klara ich weiß ehrlich gesagt nicht wo ich anfangen soll. Es tut mir..."

„Am besten beim Anfang. Ich möchte wissen wieso du die Kette bei dir hattest. Sie gehörte dir nicht. Ich wusste nicht einmal, dass du dieser Stilrichtung Interesse schenkst. Ich bin maßlos enttäuscht und mein Vertrauen hat Risse bekommen."

Diese Endlosschleife mit Entschuldigungen wollte ich nicht einmal abspulen lassen, deswegen unterbrach ich sie gleich. Ich wollte nur die nötigen Antworten haben, nach Hause fahren, sie verarbeiten und beim nächsten Mal sortieren. Normalerweise interessierte sie sich für silbernen Schmuck mit vielen Glitzersteinen. Am besten teuer und sehr exquisit. Nur leider war dies alles andere als das gewesen. Sie sah so alt aus wie der Besitzer und eindeutig nicht für eine Hochzeit geeignet. Das Pentagramm war mit einem Kreis umgeben, der von einem schwarzen Raben beschützt wurde. Meiner Meinung nach war sie handgefertigt, bisher hatte ich keine Gelegenheit nachzufragen. Natürlich kleidete die Kette ein tiefes Schwarz, selbst das Band war in dieser Farbe. Für viele ein Grund für den Mülleimer, doch für mich und ihm hing dort ein Leben dran. Sie fing an etwas zu weinen. Vielleicht war ich etwas zu forsch rangegangen, denn so kannte sie mich kaum und wenn dann nicht gegenüber ihr.

„Klar hätte ich gewusst wie wichtig sie dir ist, dann hätte ich es nicht getan."

„Du könntest generell fragen, bevor du stiehlst."

„Ich soll was? Die lag auf dem Boden und ich hatte sie dort gefunden und aufgehoben."

Ja ne ist klar und morgen können Schweine fliegen. Wäre sie ihm aus der Tasche gefallen, hätte er es sofort mitbekommen. Andernfalls hätte er eigentlich auch merken müssen das Sarah sie ihm entnahm. Das hatte ich bereits an dem Tag gefragt, wie die Kette überhaupt weg kam.

„Aha. Und wieso hast du sie angelegt, anstatt sie ihm wieder zu geben? Du hattest aber schon gekonnt meinen Schmuck und Kleinigkeiten mitgehen lassen."

Sie fing an, meinem Blick auszuweichen. Das tat sie nur, wenn sie wusste, dass ihr die Argumente ausgehen. Also war die Kette nicht auf dem besagten Boden gewesen.

„Ok ok sie war in seiner Hosentasche. Ich hab sie durch Zufall entdeckt und wollte wissen wie sie aussieht. Außerdem find ich sie auf magischerweise interessant. Ich wollte sie nicht verlieren, da ich keine Taschen hatte. Deswegen trug ich sie."

Ich war mehr als nur sauer. Wie konnte sie es wagen. Eigentlich wäre es jetzt schlau zu gehen, doch eins wollte ich vorher noch unbedingt wissen.

„Wie und wann vor allem hast du sie ihm entwendet?"

„Bei den Gruppenbildern ist sie mir aufgefallen und danach im Laufe des Abends war sie bei mir. Als ihr kurz beieinander standet, und ich hinter euch eintraf, da entnahm ich sie aus der Hosentasche. Wie du bereits erwähntest kann ich unbemerkt Dinge entwenden."

Alles klar ich verlies die Wohnung und vertagte die Auseinandersetzung. Bevor ich noch etwas tat, was ich bereuen könnte, wollte ich lieber nach Hause. Als ich zum Auto kam, saß er bereits auf dem Fahrersitz und wartete auf mich. Eigentlich sollte er losfahren, aber er beruhigte mich erst.

„Ich verstehe deinen Wutausbruch und bin stolz auf dich. Das machst du alles meinetwegen, aber denk doch auch mal an dich. Du magst sie sehr und bist über die Zeit eng mit ihr verbunden. Lass es nicht einfach fallen. Geh rein, wenn du dich etwas beruhigt hast und rede erneut mit ihr."

Ich weinte jetzt erst recht. Es erinnerte mich schmerzhaft an diesen Abend. Ich hätte ihm beinahe verloren und nun steht meine Freundschaft auf dem Spiel. Ohne Spiel, kein Leben. Es dauerte eine Weile, aber ich befolgte seinen Rat und klingelte an ihrer Haustür. Sie war etwas überrascht über meinen erneuten Versuch und ließ mich eintreten.

„'Tschuldige für diesen Ausrutscher, aber der Abend hängt mir immer noch schwer nach. Ich kann dir leider nicht die ganze Wahrheit sagen, und was es genau mit dieser Kette zu tun hat, aber sie ist sehr wichtig. Genauso wie meine die so ähnlich aussieht. Beim nächsten Mal frag bitte. Du kannst sie sehen, meinetwegen kurz anfassen, aber nicht behalten."

„Wieso kannst du mir es denn nicht erzählen. Seit wann haben wir angefangen so viele Geheimnisse vor uns zu haben und Dinge zu vertuschen?"

„Seit einer ganzen Weile. Es ist besser, wenn du nicht alles weißt. Nicht mal ich kenne das ganze Ausmaß. Es ist zu deinem Besten. Ich hoffe wir finden wieder einen Weg zueinander. Gib mir noch eine Weile das Ganze zu verarbeiten."

„Wir können ja, wenn es passt, nächste Woche telefonieren."

Endlich konnte ich da raus und in das Auto steigen. Dies mal fuhr er gleich los und hielt erst bei unserer

Wohnung an. Es war besser so, als wenn wir noch einen Zwischenstopp eingelegt hätten.

„Wieso hast du nicht bemerkt, dass Sarah an deiner Hosentasche war?"

„Ich schätze, das war der Alkohol. Bisher haben Magier nie probiert, wie es auf ihnen wirkt. Ich schätze, dass so meine Wahrnehmung getrübt war, wie bei euch Menschen."

Zu Hause fiel ich wie ein Stein ins Bett. Der Stress hinterließ so langsam seine Spuren, und ich brauchte mehr Schlaf und Kohlenhydrate als je zuvor. Am nächsten Morgen saß das Gespräch noch immer wie ein Kloß im Hals, aber ich ignorierte es weiterhin. Ich konnte es halb verstehen, denn alles, was von ihm ausging, war magisch. Seine Kette bestand aus nichts anderem, aber ich sah auch die andere Seite dahinter. Es ist eine schwierige Situation, aber ich muss über meinen Schatten springen. Nicht nur Sousuke verdient zweite Chancen, sondern auch Sarah. Ich arbeite hart an mir, um diese Zwistigkeit zu beheben und ein Pflaster drauf zu kleben.

Mittlerweile sind Sousuke und ich seit einem Jahr zusammen. Da wir so viele verschiedene Abenteuer erlebt haben, ist die Rose an meinem Hals nun vollkommen aufgegangen. Unsere Beziehung verläuft ziemlich harmonisch und wir haben einen perfekten Plan für unsere beiden Welten. Nach dem Beinahetod hat er sich nie vollkommen erholen können, denn die Albträume kehren manchmal zurück. Oft sind sie harmlos, aber mal sehen, was die Zeit so mit sich bringt. Manchmal habe ich aber auch das Gefühl, dass sie sein Wesen verändern, was mir Angst bereitet. Rio kann sich die Sache nicht erklären und vertröstet mich jedes Mal aufs Neue.

Er meint solange ich damit leben könne, sollte ich es einfach hinnehmen, denn ändern kann er derzeit nichts an diesen Zustand. Er hat wohl irgendwas nie verarbeiten können, was jetzt immer wieder auftaucht. Ich bin geduldig geworden, weshalb ich auf den Tag warte, wo er kommt und reden will. Die Geduld musste ich lernen, um wieder mit Sarah befreundet zu sein. Da sie mit Philipp zusammengezogen ist, sehen wir uns jetzt etwas seltener, aber wir konnten, zum Glück, unser Kriegsbeil begraben. Es brauchte bestimmt noch 3 Gespräche, um uns wieder anzunähern, aber was lange wärt, wird gut. Meine Eltern, vor allen meine Mam, haben schon mehr Vertrauen zu Sousuke gewonnen. Mein Leben verläuft wie in einem Bilderbuch und ich würd auch nichts daran ändern wollen. Zu unser erstes Jahr hatte er mich in ein leckeres Restaurant ausgeführt, wo alles sehr romantisch eingedeckt war. Danach gingen wir nach Hause und hatten wilden, aber leidenschaftlichen, Sex miteinander. Ich bin so glücklich wie noch nie und schwebe wie auf einer Wolke. Ich möchte in diesen Moment verweilen und ihn nie mehr beenden lassen.

Die Autorin

Die Autorin hat, schon seitdem sie klein ist, Bücher nicht gelesen, sondern verschlungen. Am meisten begeistern sie die Geschichten, wo man der Fantasie freien Lauf lassen kann. Irgendwann hatte sie aus Lust und Langeweile angefangen, eine kleine Kurzgeschichte zu schreiben. Diese entwickelte sich schnell von selbst und wurde letztendlich zum Buch. Des weiteren begeistert sie sich für das Zeichnen und Backen. Meistens ist sie ziemlich chaotisch, doch wenn sie sich was in den Kopf gesetzt hat, dann zieht sie es auch durch.

Der Verlag

> *Wer aufhört*
> *besser zu werden,*
> *hat aufgehört*
> *gut zu sein!*

Basierend auf diesem Motto ist es dem novum Verlag ein Anliegen, neue Manuskripte aufzuspüren, zu veröffentlichen und deren Autoren langfristig zu fördern. Mittlerweile gilt der 1997 gegründete und mehrfach prämierte Verlag als Spezialist für Neuautoren in Deutschland, Österreich und der Schweiz.

Für jedes neue Manuskript wird innerhalb weniger Wochen eine kostenfreie, unverbindliche Lektorats-Prüfung erstellt.

Weitere Informationen zum Verlag und seinen Büchern finden Sie im Internet unter:

w w w . n o v u m v e r l a g . c o m